ACADÉMIE DE BERLIN
Suhrkamp

FRANZÖSISCHE BIBLIOTHEK

Diese Ausgabe von *Quick* von Monique Saint-Hélier ist Teil der FRANZÖSISCHEN BIBLIOTHEK, die in Zusammenarbeit zwischen der ACADÉMIE DE BERLIN und dem SUHRKAMP VERLAG entstanden ist.

Gemeinsam wollen wir auf bedeutende, aber fast vergessene Werke der modernen französischen Literatur aufmerksam machen – die FRANZÖSISCHE BIBLIOTHEK soll dazu in einer ersten Auswahl als Kompass dienen und als Anregung, sich immer wieder aufs Neue für französische Literatur in deutscher Sprache zu begeistern.

Die ACADÉMIE DE BERLIN wurde 2006 unter der Schirmherrschaft von Richard von Weizsäcker gegründet. Ihre Mitglieder, Persönlichkeiten des öffentlichen Lebens, haben es sich zum Ziel gesetzt, den kulturellen und gesellschaftlichen Austausch zwischen Frankreich und Deutschland zu fördern.

Tannen geben Morsezeichen, ein Cello schlürft Limonade – einen Kindertag und darin eine ganze Welt erzählt Monique Saint-Hélier in diesem nach seinem jungen Helden benannten Roman *Quick*. Während der Vater, ein patriotischer Hauptmann, Strenge und Abgrenzung übt, ist Quick kontaktfreudig: Er lernt Mono MacGregor kennen, die Tochter eines US-Amerikaners, und ihre Schwarze Haushälterin Dalila, die sein Vater als Nomaden betrachtet und abfällig »Patschuli« nennt. Doch als Quick sich auf dem Jahrmarkt ein Bein bricht, schmiedet Mono einen Plan, um ihre Familien zusammenzubringen.

Mit Einfühlungsvermögen und sanfter Ironie spannt Saint-Hélier den Bogen eines großen Abenteuers, das sich im Kleinen vollzieht. Die Leichtfüßigkeit des Erzählens mindert dabei nicht die politische Dimension. So ist *Quick* auch heute von ungebrochener Aktualität und fordert durch seine vorurteilsfreien Kinderperspektiven zu fantasievoller Zwischenmenschlichkeit auf.

Monique Saint-Hélier verband eine tiefe Freundschaft zu Rainer Maria Rilke, dem sie ihren ersten veröffentlichten Text *A Rilke pour Noël* (1927) widmete. Auch Hermann Hesse und Siegfried Lenz erkannten ihre poetische Kraft und feierten sie als »Dichterin von hohem Rang« (Hesse). Anders als mit ihren großen, dem Impressionismus nahen Romanen liegt mit *Quick* ein kürzerer, verspielterer Text vor, dessen Fluss und literarisch gestaltete Innerlichkeit Vergleiche mit Virgina Woolf wachrufen.

MONIQUE SAINT-HÉLIER ist der Nom de Plume von Berthe Eimann-Briod, geboren am 2. September 1895 in La Chaux-de-Fonds. Schon mit elf Jahren musste sie sich schweren Operationen unterziehen und war zeit ihres Lebens immer wieder bettlägerig. 1917 heiratete sie den Schweizer Übersetzer und Lehrer Blaise Brod, mit dem sie 1925 nach Paris zog. Bekanntheit erlangte sie vor allem durch ihren Roman *Bois-Mort* (1934). Ihr Erzählstil nahm den Nouveau Roman vorweg. Sie gilt als eine der bedeutendsten Schweizer Autorinnen des 20. Jahrhunderts. Saint-Hélier starb am 9. März 1955 in Pacy-sur-Eure.

MONIQUE SAINT-HÉLIER

Quick

Roman

Aus dem Französischen
von Leonharda Gescher

SUHRKAMP

QUICK

In Erinnerung
an die Junkerngasse, Bern

I

NOCH EINMAL RICHTETE ER sich auf den Fußspitzen auf, ehe er vom Bürgersteig heruntertstieg, er warf einen Blick nach links, nach rechts; die Straße war voll von Kindern.

Die Schule versperrte die Straße, aber das genügte ihr noch nicht: sie mußte dazu noch auf jeder Seite ein gutes Stück des Geländes in Anspruch nehmen, um ihre beiden Seitenflügel unterzubringen.

Von hier aus konnte man die Vorhalle sehen, und dort, ganz oben auf dem Glockentürmchen, den Hahn. Die Vorhalle schien einem entgegenzukommen, sie winkte, sie machte Annäherungsversuche. Aber Quick wußte, was er davon zu halten hatte: eine Schule ist eine Schule.

Hinter dem Schulgebäude klammerten sich Tannen am Abhang fest, bis hinauf zum Kamm des Gebirges, ganze Herden, wie Ziegen ... Wie genau kannte er sie jetzt, diese grünen Ziegen, er hatte sie immerzu beobachtet, heimlich natürlich ...
Ein schneller Blick hierhin, ein schneller Blick dorthin, jedesmal, wenn es sich ohne allzu große Gefahr möglich machen ließ. Sein Pult stand zufällig neben dem Fenster, und das freundliche Fenster ging auf diese Seite hinaus. Die Tannen suchten sich mit ihm zu verständigen, ganz gewiß; sie gaben ihm Morsezeichen: tack – tack tack tack – Quick nahm die Botschaften entgegen, er funkte verstohlen zurück, indem er mit seinem Absatz gegen das Fußbrett seiner Bank klopfte: tack – tack tack.
»Was hat dies Klopfen zu bedeuten?«
Mademoiselle Fuchs reckte die Nase in die Höhe.
Er hätte genau so gut gegen einen Ballen Baumwolle klopfen können, seufzte er bekümmert, sie hätte es gehört; sie hörte das

Gras wachsen. Einen Augenblick malte er sich aus, was für ein außerordentliches Glück es sein müßte, eine taube Lehrerin zu haben; auch kurzsichtig könnte sie sein – für Quick ist das kein Gebrechen, das eine Lehrerin entstellt. Wenn man schon an solche Möglichkeiten dachte, wie wäre es dann gar mit einem Gedächtnisschwund? Er weiß nicht genau, was das ist: Leute, die auf der Straße herumspazieren und ihr Haus nicht finden können. Mademoiselle Fuchs, die auf die Vorhalle des Schulhauses zuschritt – und dann daran vorbeiging. Oder sie unterrichtet, und mitten in der Geographiestunde sagt sie die Fabel vom *Wolf und dem Lamm* auf ... Nein, solche Glücksfälle, denkt Quick, sind zu schön, so etwas kommt in Schulen nicht vor.

»Tack tack tack«, er gab wieder Morsezeichen. Diesmal war es gelungen, Mademoiselle Fuchs hatte nichts gehört. Aber die Tannen – die ja; sie wollten ihm etwas sagen, etwas Geheimnisvolles; sie erhoben die Arme wie beim Rütli-Schwur. Oder sie schleuderten Raben in die Luft. Das war großartig, man bekam Lust zu fliegen. Fliegen schien so einfach: die Arme ausbreiten, hier, so, ja, mit hochgestrecktem Körper; die Nackenhaltung und die Stellung der Füße waren dabei wohl sehr wichtig; er hatte oft Vögel beobachtet, wenn sie sich gerade in die Luft emporschwangen: da ... da ...

»Quick!«

Aus! Sobald er davonzufliegen versuchte, stürzte sich Mademoiselle Fuchs auf ihn. Ebenso war es, wenn er zuschaute, wie die Sonne in den Zweigen emporkletterte – hier, dort, hurtig, eilig – wie ein feuerrotes Eichhörnchen.

Um alles sehen zu können, mußte man den Kopf aufs Pult legen. Die Wange lag auf dem blanken Holz, die Augen blickten zu den blauen Wipfeln der Bäume hinauf – so konnte man dem wundersamen Lauf bis zum Berggipfel hin folgen. Am Fuß der Stämme war alles voll von violetten Schatten. Darin bewegte sich etwas. Mit dem Zeiß-Glas seines Vaters könnte man sicher erkennen, was es war ... Kaninchen? Eine Füchsin?

Eine kleine rostrote Füchsin? ... Und wenn es ein Wildschwein war? ... Ein Wolf? Quicks Einbildungskraft arbeitete, und mit der Einbildungskraft nahmen Tiere Gestalt an, die ihm weniger vertraut waren ... Ein aus einer Menagerie entwichener Tiger, ein Jaguar? So ein Jaguar ist schön, die Frauen tragen Jaguare als Kragen an ihren Mänteln ... Oder ein Panther, geschmeidig, schmiegsam, anmutig ... Er sah den sandfarbenen und glatten Körper durch die Stämme schleichen, umherspähen ... Ein Löwe? ein Löwe aus dem Atlasgebirge, der gerade brüllen wollte ... gerade in dem Augenblick, in dem Mademoiselle Fuchs den Vorhang herabläßt: der Arm wird hochgehoben, er sieht die Hand, die plötzlich herabgleitet; das Gesicht ist entsetzt; sie schreit. Und die Klasse ... die ganze Klasse ist aufgestanden und brüllt, alle zusammen schreien:

»Ein Löwe! Es ist ein Löwe«

Er wird von einem Schauder gepackt, seine Fingernägel graben sich in den Wollstoff seiner Hose. Aber er kommt wieder zu sich.

»Quatsch!« murmelt er mit fester Stimme.
Er selber bringt es also fertig, sich mit seinen eigenen Geschichten Angst einzujagen? – Schlimm …
Der Löwe und Mademoiselle bleiben für ihn eine erregende Vorstellung: immer wieder kommt er darauf zurück: der violette Schatten, dieses Grau, das sich bewegt. Dazu dieses weiße Gesicht, der Mund wie ein Loch, und der Schrei steigt auf, dünn, ganz dünn, ohne jeden Klang.
»Sie hat Angst, sie hat Angst, auch sie hat Angst!« – die Vorstellung einer verstörten Mademoiselle Fuchs befreit ihn von seiner eigenen Angst. Er möchte jetzt gern hüpfen, rennen, Mademoiselle ist nichtmehr eine Perle von Lehrerin. Er sieht sie vor sich, sie ist mitten unter ihnen, in der Klasse; sie ist klein, sie hat Angst in ihrem blauen Schürzchen, genau so wie die Kinder, wie sie alle.
»Quick!«
Ach! nein, sie ist nicht klein! Da steht sie und streckt sich auf ihren langen Reiherbeinen, sie steigt vom Pult herab, ihre Haare lodern auf.

Eine Frau wie diese fürchtet sich vor nichts, weder vor Löwen, noch vor Jaguaren, noch vor dem Hauptmann. Sie hat ein graues Kostüm an. Er kann die grauen Jackenkleider und die weißen Hemdblusen nicht leiden. Die Kleider seiner Mutter sind freundlich, weich, mit Blumen gemustert.

»Quick!«

Der Name dringt in seinen Schädel ein wie ein Ohrwurm, seine Haut bebt, er ist so empfindlich gegen Veränderungen des Tonfalls. Sonderbar, wie auch die Namen Form und Gestalt wechseln: wenn Mademoiselle Fuchs ihn ruft, wirkt sein Name wie gekläfft; und jetzt wirkt er wie ein ewig Radau machender Hund – so einer, wie er ihm unter allen Hunden am meisten verhaßt ist –, einer von diesen unmöglichen Kötern, die immer jemandem zwischen die Beine oder einem anderen zwischen die Räder laufen ... So etwas macht man aus seinem Namen, bloß weil er zum Fenster hinausschaute und in den Tannen ein feuerrotes Eichhörnchen hüpfen sah.

In dieser Minute ist er ein solcher Hund.

Der Hund quetscht sich zwischen die gelben Bankreihen, rennt überall hin – eine richtige Fliege –, springt Marcel Tavernier an, hopst zu René Roud hinüber, zu diesem kleinen Duckmäuser von Chambrier, dem Liebling von Mademoiselle, während der wahre Quick den Rücken sehr gerade hält, seine Hände schön nebeneinander auf dem Pult liegen hat und mit seinen großen, feurigen Augen zu der Näherkommenden aufschaut.

Da ist sie, sie kommt, sie naht. Sie ist noch größer, man könnte sagen, sie liefe auf Rollen. *Nein – sie gleite auf Schlittschuhen heran...*

Sie wird sehen, daß ich saubere Fingernägel habe, spricht er sich Mut zu, indem er seine Finger nachdenklich betrachtet. Sie wird sehen, daß ...

Was für ein fader Geschmack einem in solchen Augenblicken in den Mund kommt, es ist abscheulich!

»Mein Gott, wenn ich mich nur nicht übergeben muß, wenn ich mich nur nicht übergebe!« er schickt ein verzweifeltes SOS zum

Himmel hinauf, »nicht hier, mein Gott, nicht in der Schule, nicht vor allen Leuten.«
»Mama!« ruft er mit zusammengepreßten Zähnen.
Undurchdringliche Häuserwände, dicht gedrängte Straßenzüge trennen ihn von seiner Mutter. Er zählt die Straßen – die Häuser kann er nicht zählen. Er muß ganz allein damit fertig werden.
»Was auch kommen mag, in welche Verlegenheit du auch geraten magst, du mußt dich ihr stellen – Quick ... Ein Soldat ...«
Diese Worte seines Vaters hatten sein Ohr am ersten Schultage in der Vorhalle des Schulhauses erreicht. Dann hatte sein Vater sich herabgebeugt, und der Finger des Hauptmanns war über die Backe seines Sohnes gefahren, an der Schläfe herab, bis zum Kinn:
»Und nun geh, Quick.«
Jetzt, in diesem Augenblick, summen die Worte wieder in seinem Ohr, sie summen, sie machen einen Lärm!
Und Mademoiselle Fuchs eilt herbei, sie geht an Nicolaus vorbei, sie geht an Friedrich vor-

bei, sie geht an Gisela vorbei, sie beugt sich herab:

»Das will ein Offizierssohn sein! Immer wie im Traum ... immer vor sich hinschauend, was ist es eigentlich? ... Was siehst du?«

Sie wendet sich zum Fenster.

Unbeweglich, in voller Pracht, stehen die Tannen stramm.

Sie sieht nicht das gelbe Eichhörnchen hüpfen, auch nicht, wie der violette Schatten sich um das ungebärdige Grau herum verdichtet. Sie sieht Quick an, dann zum Fenster hin und dann wieder auf Quick.

Mein Gott, denkt er flehend, wenn ich mich nur nicht übergebe, oh, nicht jetzt.

Mademoiselle Fuchs blickt forschend auf Quicks Gesicht, auf das Fenster, wieder auf das Gesicht ... »Ob der jemals Offizier wird!« murmelt sie. »Ein Künstler? ... Maler?«

Und dann nach einem Schweigen:

»Wie wäre es, wenn du Astronom werden würdest, kleiner Mann? Sag mal, möchtest du Astronom werden? Hast du niemals daran gedacht?«

Fürchterlich niedergeschlagen und eingeschüchtert läßt er sich aus seiner Bank gleiten und wendet sich zur Tür. Die Hand schon auf der Türklinke, hört er noch:
»Und ihr hier, daß ihr mir reinen Mund haltet!«
So endet seine erste Löwenjagd.
... Astronom. Das Wort verfolgt ihn. Bald sah er es vor sich, groß, düster, würdevoll, ein ganz erwachsenes Wort, das unterm Arm ein Fernrohr trug. Bald hörte er es hinter sich hergehen. Oder das Wort war auch dicht neben ihm, es schaute ihn freundlich an, so als kenne es seine Familienangehörigen und wolle sich zum Mittagessen einladen lassen.
... Astronom. Das Wort lag ihm auf der Zunge. Mit seiner Zungenspitze befühlte er es wie eine Praline, die zu groß ist, als daß man sie umdrehen könnte. Aber es war auch wie Musik.
»Astronom«, trällerte er, auf dem Rande des Bürgersteigs auf- und abspringend.
Sein Ohr streckte sich diesen unbekannten Lauten entgegen — das war schön, das war Musik.

»Astronom!«
Diesmal kam der Ruf von sehr weit her. Er hob das Kinn, hielt den Kopf zwischen den Schultern zurückgebeugt und lauschte: woher kam diese Stimme?
Jenseits der Dächer, jenseits der Bäume, höher als das Schulgebäude, höher noch als die Vögel, breitete sich der Himmel aus, ganz glatt, ohne ein Wölkchen. Dann sah er ihn sich wölben, sich in seiner Bläue herabsenken auf die braunen Dachziegel, auf die Dachrinnen, auf den Musikpavillon.
»Astronom?«
Das Blau des Himmels durchdrang Quicks Augen, und Quicks Augen durchdrangen dieses Blau – man begegnete sich, wie Münder sich begegnen.
»Astronom?« sagte der Himmel, »mein Astronom?«
»Ja«, sagte Quick in einem Atemzug.
Eine Möwenfeder tanzte in der Luft, Quick streckte die Hand aus: »Für Mama«, entschied er, und er schloß die Hand.
Die Luft war mild und wohltuend. Er wandte

das Gesicht dem Winde zu, dessen erfrischender Geschmack über seine Zunge strich.

»He, Herr Astronom! Suchst du den Mond am hellen Tage?«

Der Ellenbogen von Chable bohrte sich in seine Rippen. Chable grinste, seine Füße tänzelten wie die eines Boxers. Der Sohn des Hauptmanns ballte eine Faust, er stellte sich dem Gegner:

»Das gilt dir! – Fang an – Geßler!«

Chable brach in Lachen aus. Der Zorn war verraucht.

Auf dem Bürgersteig spielten kleine Mädchen Himmel und Hölle, balgten sich. Chable machte einen Angriff auf eine Gaslaterne, dann versuchte er, einen Wasserhahn zu öffnen. Man hörte Geschrei, Lärm.

»Was für Rangen das sind, nicht wahr, Quick?« ließ sich Madame Georges mit einem freundlichen Lächeln vernehmen.

Sie war die Waschfrau seiner Mutter, und sie kam ihre Tochter Lucienne abholen.

»Diese Mädels! Man muß auch mal lachen, nicht wahr, Quick? Aber er ist so ernst und

würdig wie ein Papst, dieser Junge!«
Er machte ein Zeichen, das Nein bedeutete.
»Doch, doch, man ist schon ein kleiner Offizier, ganz der Papa.«
»Und meiner will General werden! ... Kann man es glauben, Kinder! Und du, du wirst Hauptmann werden?«
Beinahe hätte er laut gerufen: ›Nein, ich werde Astronom‹, aber er schwieg still, weil er wußte, daß man seine Geheimnisse nicht preisgeben soll.
Weiter hinten von der Straße her erblickte Lucienne ihre Mutter:
»Das ist Mama! das ist meine Mama!«
Sie kam herangeschossen wie ein Hase, sie ließ ein paar beieinanderstehende Mädchen stehen, wirbelte mit fliegenden Röcken davon und stürzte sich mit einer solchen Kraft auf die Mutter, daß diese beinahe das Gleichgewicht verloren hätte.
»Komm, schon gut – sachte!« sagte Madame Georges lachend. Und mit rauher und sanfter Hand strich sie die Haare zurück, die struppig auf die Nase ihres Kindes herabfielen.

Viele Mütter kamen jetzt an, aber seine war nicht dabei.
Er machte eine Wendung und begann, die ganze lange und alte, uralte Bärengasse hinabzulaufen, und während er lief, immerfort, sah er die Hand der Waschfrau vor sich und die Haare dieser Lucienne, die ihr auf die Nase herabfielen.
Ach! seine eigene Mutter! ... seine Mutter! Alle, denen sie auf der Straße begegnete, sogar die Hunde, sogar die Sperlinge, begannen vor Freude zu hüpfen; man hätte sagen können, sie sei für sie alle Speise und Trank. Er an ihrer Seite zwitscherte und tanzte in einem fort ... Sie gab ihm alle möglichen Namen. Sie nannte ihn »Pimlico«, »Herr Admiral«, »Cosmage«, »Honigküchlein«. Sie war es auch gewesen, die das weiße Hündchen »Meringel« getauft hatte.
Auf seinen Wunsch hin, auf des Vaters Wunsch hin, war »sie« nicht gekommen. Vom ersten Schultage an hatte der Vater bestimmt, Quick solle allein aus der Schule nach Hause kommen. (»Immer die alte Leier mit Hasenfuß und

Disziplin«, seufzte er kummervoll.) Etwas schnürte ihm die Kehle zu, und in der Tasche mit den Murmeln ballten sich die verkrampften Finger zur Faust. Er zog die Hand hastig aus der Tasche: er öffnete sie, nun sah sie hübsch aus, ohne jeden bösen Gedanken. Sie glich einem Kastanienblatt, war nur ein wenig fester und natürlich nicht grün. Über seinen Vater ärgerte er sich oft, über seine Mutter niemals. Wieder krampfte ihm der Groll das Herz zusammen.

Tonleitern perlten von den Balkonen herab, und Töne rollten auf seine Nase wie Kirschen. Eine große Justitia mit verbundenen Augen hielt auf der Mitte des Weges ihre Waagschalen in der Hand, aber ihre Brunnenschalen waren mit roten Geranien gefüllt. Auf den Steinstufen spülte eine Frau Wäsche.

Eine umherziehende Kapelle spielte vor dem Theater-Café. Einen Augenblick blieb er stehen. Die Lebhaftigkeit, mit der die Geigenbögen auf den Saiten in tollen Wirbeln auf- und abglitten, versetzte ihn in eine wilde *Erregung: hinauf ging's, hinab.* Er fand es

himmlisch, wenn die verrückten Köpfe der Geigenbögen davonstürzten wie Mäuse, die von einer Katze verfolgt werden, und plumps! – im Bauch der Violinen verschwanden.
Wenn man Geige spielt, schwimmt man dann, fliegt man?
Seine Füße schlugen auf dem Gitter eines Abflußloches den Takt. Das rhythmische Geräusch, das er seinen Absätzen entlockte, schien ihm zauberhaft, so als mischten sich Pferdehufe in die Musik ... Man hörte es von weitem herankommen, von fern, näher, immer näher. Und plötzlich war es da: ein großes, dunkles Pferd, das zu tanzen anfing.
Der Hals des Cellos war gegen den Tisch gelehnt, es ruhte aus. Man hätte annehmen können, es habe ein großes Glas Limonade heruntergeschlürft: es sah erfrischt aus, leistungsfähig, bis zu den Wirbeln mit Musik angefüllt. Die prickelnde Frische dieser Limonade, Quick fühlte es, fließt jetzt in seinen Magen hinein. Er hat Durst, es ist heiß.
Auf dem Tisch ist ein Veilchenstrauß zu sehen, der auf Handschuhen liegt. Neben einem lee-

ren Stuhl seufzt ein Herr und starrt auf eine Tür ... Madame ist in den Waschräumen, denkt Quick, und der Gedanke macht ihm Spaß, denn der Kopf des Herrn gefällt ihm nicht.

»Sie soll dort noch bleiben, sie soll sich Zeit lassen.«

Männer hassen es, zu warten. So klein er auch ist, er weiß es: ist er nicht der Sohn eines Hauptmanns?

Er mußte sich um seinen linken Schuh kümmern ... Verflixter Schnürsenkel, der sich immer auflöste. Er bückte sich, machte einen festeren Knoten ... Sogar Quicks Füße hatten ihr eigenes Leben! Sie waren hier, sie waren dort, überall, im Trab, im Galopp: das Gespann besaß Schnelligkeit und Ausdauer. Quick betrachtete seine Füße: der linke hieß Perle. Castor war zuverlässiger, Perle war zerstreut, hatte Launen, stolperte über Steinchen, aber auf Castor war Verlaß, ein solider Fuß wie von einem Walliser Maulesel. Gewiß, es kam noch vor, daß ein Klotz ihnen in die Quere kam: Quick, Perle und Castor lagen

dann am Boden, die Füße in die Luft gestreckt... Aber allmählich immer seltener, überlegte er. Seine Füße und er hatten eine wahre Abneigung gegen Arnika, Jod und Verbandzeug – wie die Pferde.
»Mir ist alles gräßlich, was weh tut«, stellte er fest. »Wenn ich groß bin ...«
Schmerzen, Leid, alles verschwand aus dieser Welt, weil Quick groß geworden sein würde.
Er ging durch die Hospitalstraße, überflog mit einem Blick das Menü des GOLDENEN LÖWEN, streichelte den Hund. Die Häuser betrachteten ihn, er betrachtete die Häuser; die Fensterscheiben blinzelten, wenn sie Quick sahen, und Musselinvorhänge ließen sich am Fenster nieder, um ihm ein Zeichen zu geben: man befand sich unter Freunden, man kannte einander – Buchhandlung, Apotheke, Damenschneider, Oto-Rhino – er wußte nicht, was das war – vielleicht der Name eines Japaners? Uhrmacher, Juwelier. Und jetzt riesige Schinken. Und dann, am Geruch erkannte er schon von weitem: Käse, es gab Unmengen davon, weiche, harte, runde, un-

geheuer groß wie Wagenräder, wie Glatzköpfe, und wieder andere mit zerkleinerten, eingestreuten Kräutern; der Savoyer Käse lag abseits; die Ziegenkäse erhoben sich zu kleinen, oben etwas abgeplatteten Pyramiden. Überall war Radio zu hören. Zwei Läden weiter konnte man Rosen kaufen, und noch ein bißchen weiter: Hüte.

Als er an der Straßenecke angelangt war, hielt ihn der Laden mit Südfrüchten noch ziemlich lange auf, aber als die Kirchturmuhr schlug, besann er sich wieder. Er hatte so viel Pläne im Kopf! Es gab eine Menge Dinge zu tun, die bedeutend angenehmer waren als nach Hause zurückzukehren, jetzt, da seine Mutter nicht da war. Am Mittwoch teilte seine Mutter in einem Hospital das Mittagessen an alte Frauen aus, sein Vater aß in der Offiziersmesse; er mußte sich mit den Launen des Dienstmädchens abfinden. Heute morgen hatte sie ihm alle vollzählig aufgetischt.

Er schnupperte in der Luft, als er vor der Auslage stand. Ach! diese Länderkunde aus Früchten entzückte ihn. So viele Länder waren hier versammelt und beschenkten ihn mit wunderbaren Düften. Er atmete den Duft der Orangen ein, und seine Augen sogen die Farben auf, sie wanderten von den fleischigen Bananen mit ihren kleinen Sommersprossen hinüber zu den violetten Paranüssen. Da sind auch noch Guaven, Johannisbrot, Baumerdbeeren, viele Früchte noch, von denen er nicht einmal den Namen kannte. Er verweilte bei den Dattelpflaumen, so zart wie Wangen. Sobald er eine Ananas sah, überkam ihn die Lust, sie mit seiner kleinen Peitsche »anzutreiben« wie Brummkreisel: rechts herum, links herum, schief liegend, aufrecht stehend. Rückwärts geht's und aufwärts geht's, und ich bin die Schönste, die Verführerische, ich schnurre – eine richtige Kätzin.

Das wäre wirklich was Feines – nicht wahr? Ein Kreisel, der tanzt und einem Ananasduft ins Gesicht bläst und singt:

In sechs Ländern bin ich gewesen,
In Florida und Alabama . . .

Er trällerte, und während dieser Zeit glitten

seine Blicke zu dem gewölbten Gelb der Pampelmusen hinüber, die so gelb waren, daß alles gelb wurde, alles ein leuchtendes Gelb ausstrahlte. Sollte sein Vater ihn fragen:
»Quick – woher kommen die Pampelmusen?«, so würde er, ohne zu zögern, antworten:
»Aus dem gelben Lande.«
Ein Land der Affen und Apfelsinen, überall gelb. Sogar die Schule war gelb, und die Bänke waren gelb. Auf den Pulten waren die Pampelmusen Erdkugeln und die Mandarinen die kleinen Tintenfässer. Alle Schüler waren violett: sie waren Affen mit malvenfarbenem Fell, aber das Fransentuch der jungen Mädchen war aus sorgsam verfertigtem Chinchilla. Kein Skorpion, keine Moskitos, überall schwebten rosa Garnelen in der Luft, und in den heißen Tagesstunden labten Pfefferminzkirschen den Mund. Wenn ein Schüler austreten wollte, hob er einen violetten Finger, und wenn die Demoiselle Fuchs in jener Schule sich taub stellte, klopfte der Schüler mit seinem Schwanz leise, ganz leise auf seine Bank.

Die Demoiselle Fuchs jenes gelben Landes sah aus wie eine riesengroße Kokosnuß.
Vor der Auslage stehend, sah er zu, wie der Verkäufer eine Gruppe von Kunden bediente. Der Geruch des Ladens war warm und vertraut, man zermalmte unter den Füßen Erdnußschalen. Hier kaufte die Mutter seinen braunen Honig.
Wenn er nun in den Laden träte und mit gleichgültig klingender Stimme verlangte: »Zwei Bananen, bitte, und für zwei Sous Erdnüsse. Setzen Sie das auf die Rechnung des Capitaine Brun.«
Das Ungeheuerliche seiner Dummheit wurde ihm sogleich offenbar. Als ob ein Hauptmann in einem Laden zwei Sous für Erdnüsse anschreiben ließe! Wenn sein Vater welche kaufte, würde er viele nehmen, für ...
»Mindestens für tausend Francs«, meinte er. Natürlich würde er sie unter seine Soldaten verteilen. Einen Augenblick tat es ihm leid, daß er nicht zu diesem bevorzugten Regiment gehörte, dann zog er seine kurze Hose hoch,

machte seinen Gürtel ein Loch enger und verzichtete auf die Erdnüsse.
Das Münster empfing ihn wie eine alte Bekannte; er kam oft mit seinem Vater hierher. Sein Vater liebte Geschichte, und die Kathedralen sind so voll von Geschichten, daß sie Geschichte sind. Dieses Münster kannte alles, was zu seinem Lande gehörte: die Herzöge, die Grafen, die Barone, die Banner, die über den Kriegspferden flatterten, Schlachten, Siege, gewaltige Niederlagen, den Fremden im Lande, den Fremden draußen.

Sempach, Naefels, Santiago und Granson!
Unter den Farben eurer Länder, geheiligte Banner,
Haben alle unsre Helden gekämpft:
Die Söhne werden sich der Väter würdig erweisen...

Und da sang Quick wie sein Vater, wie die Männer seines Vaters, wenn sie im Marschschritt durch die Straßen stampften.
Quick schritt neben dem Münster dahin im grünen Schatten der Kastanienbäume.

...Santiago und Granson!
Unter den Farben eurer Länder...

Er breitete beim Laufen die Arme aus; die Kirchenfenster des alten Münsters waren heute morgen sehr lustig, sehr freigebig; sie warfen vielfachen Glanz auf die Hände, auf die Wangen, auf Quicks schnelle Füße, violett, purpurrot, gelb, und Quick hatte ein Gefühl, als sei er in ein Himmelschlüsselchen verwandelt – in einen Bischof oder gar in einen mit Wunden bedeckten Landsknecht. Ganz oben in den Spitzbögen glänzten freiherrliche Kronen, Pferde bäumten sich auf, steil zum Himmel empor, und die Heiligen waren ganz flach, ohne jede Dicke, ihre Hände waren wie Blätter, ihre Köpfe abgebrochen, oder sie hatten den Rücken voller Pfeile, von denen sie bis zur Brust aufgeschlitzt wurden. Aber auch ohne Kopf schienen sie noch zu lächeln. Kirchen sind sehr geheimnisvoll, bis zu den Glocken hinauf stecken sie voller Geheimnisse ... Ganz besondere Aufenthaltsorte, dachte er; mit nichts anderem lassen sie sich vergleichen – ein wenig wie Teiche am Abend, ein wenig wie ein Gewitter, ehe es donnert. Auch die Vorhallen sind phanta-

stisch: Paradies, Hölle — ein Baum und ein Apfel, die Schlange auf einem Zweig ... Eine Frau ... Und das Fegefeuer!
Hier war das Paradies sehr unvollkommen, die Menschen schienen nur halb auferstanden; der Arm von dem einen war, Gott weiß wo, geblieben; bei dem anderen war die Nase nicht mitauferstanden. Alle Männer, sogar der heilige Petrus, der Apostelfürst, hatten auf den Wangen einen Bart aus Schaffell, die Haare sahen ebenso aus, sie ließen sich auch mit jenem ein wenig haarlosen Pelz vergleichen, den man Breitschwanz nennt ... Hatte man denn im Paradies keine richtigen Haare? In der Hölle war es besser: die Teufel schienen sehr gut in Form zu sein, sie sahen jung aus, kein bißchen unmodern, ihren Schwänzen sah man es an, daß sie voller Anschläge und Unruhe waren. Und die Mistgabeln, ein wahrer Tanz! Und diese Flammen, in denen ein so leckeres Mahl bereitet wurde aus Bischöfen, Nonnen, Königen: sie machten aus ihren Sündern nur gerade ein Appetithäppchen. Die Freude dieser Teufel war geradezu

schändlich ... Was für eine feine Kunst, Gestalter von Teufelsfiguren zu sein! Der Kerl lachte vermutlich die ganze Zeit über, lachte auf seiner Leiter, bei jedem Meißelhieb.
Um die Turmspitze des Münsters sehen zu können, mußte man sich den Hals verrenken. Er ging durch die Vorhalle. Im Schatten leuchtete der Engel mit dem gelben Kleid in einem Glanz von gelben Narzissen. Er kannte den Namen dieses Engels: Uriel — das stand auf einem seiner Füße geschrieben. Aber in seiner emporgehobenen Hand war zu lesen:

Ziehe deines Weges.
Du etwa die Schwere der Flamme wägen,
Oder gar die Stärke des Windes ermessen?

Engel haben es an sich, daß sie einem Rätsel aufgeben, aber viel schwerere als:

Rund, lang, weiß,
Innen rauh.

Oder auch:

Erst weiß wie Schnee,
Dann grün wie Klee,

Dann rot wie Blut . . .
Schmeckt allen kleinen Kindern gut.
Was ist das?

Nach dieser Betrachtung verlangte es seinen Magen dringlichst nach einer Stärkung, er mußte wieder zu Kräften kommen.
Da stand plötzlich ein strahlender Schiffsbug vor Quick, gerade an der Ecke, wo zwei dunkle kleine Straßen zusammenstießen; es war die Konditorei. Ihre Schaufenster sahen aus wie ein Blumenbeet: Bonbons in allen Farben, gestreifte Gerstenzuckerstangen, Dominosteine aus weichem Kandiszucker, ganze Familien von weißen Zuckermäusen und rosa Schweinchen.
Er hatte einen solchen Hunger, daß es ihm ratsam schien, ein bißchen Mundvorrat mit auf den Weg zu nehmen. Was konnte er sich leisten? In Gedanken suchte er zwei Schweinchen aus, eine Maus, Mokkabohnen, am schönsten aber waren jene regenbogenfarbenen Zuckerperlen, winzig klein wie Fischeier. Die Zähne bohren sich hinein, es kracht, es

macht im Mund einen Höllenlärm, es schmeckt nach Anis. Es ist köstlich.

Sein Gesicht trug den Ausdruck seliger Zerstreutheit, während sein Blick von den kandierten Apfelsinen zum grünen Gerstenzucker wanderte – die in seine Tasche vergrabene linke Hand befühlte die Ersparnisse der Woche, eine fürs Sparen sehr günstige Woche: er hatte kein einziges Mal den Omnibus benutzt.

Das angenehme und warme Wetter lachte die Omnibusse aus; sie taten eilig, sie bimmelten mahnend von hinten heran, sie fuhren vorbei, leer, ihre Rückenlehnen aus schwarzem Plüsch dampften wie Bratwürste.

»Nichts für mich«, rief er der grünen Trambahn zu, die ganz außer Atem vor seinen Füßen stehenblieb. Aber mit der Hand winkte er dem Schaffner sehr kameradschaftlich zu – ein Kumpan aus Regentagen.

Seine Augen strahlten, denn ihm war soeben ein erleuchtender Gedanke gekommen. Er wollte ihn sogleich in die Tat umsetzen: da er gerade bei Kasse war, bot sich da nicht die

Gelegenheit, Patschuli die kleine rosa Teekanne zu schenken? ... Sie erwartet mich, dachte er.
Sicherlich wippte sie wieder auf dem langen Gitter, das die Straße säumte, mit wehenden Haaren, mit ihren weißen Sandalen, die vorn Schmutzflecken hatten ...
In seiner Hosentasche gaben Quicks Spargroschen einen dünnen Ton von sich, das Geräusch von Geldstücken, die gegeneinanderstoßen, die aufeinanderfallen, ein ganz feiner Ton, gedämpft von dem Stoff der Hose. Er verzichtete auf die Mokkabohnen, verzichtete auf den grünen Gerstenzucker; er sah eine Likörbohne dahinschwinden, so als risse man sie ihm aus dem Munde – er verzichtete auf alles, aber ...
»Das wird schon klappen«, wiederholte Quick und befühlte die Geldstücke in seiner Hosentasche – »es wird schon reichen«, sang er halblaut vor sich hin, während er die Stufen der Arkaden hinabeilte, um in die kleine, im Schatten liegende Straße einzubiegen, durch die er dann hinauflief. Sein Herz jubelte. Nie-

mals hatte er sich an einem Mittwochvormittag so glücklich gefühlt, wenn seine Mutter sich den Alten im Hospital widmete und ihn seinen Blattspinat allein essen ließ. Die große Ungerechtigkeit dieses Mittwochvormittags machte ihn ganz krank. Aber heute – der *heutige Mittwoch war ein völlig* anderer Mittwoch: er würde Patschuli eine kleine rosa Teekanne mitbringen. Der Himmel war voll goldenen Lichts, die Leute machten Bemerkungen: »Wie warm das Wetter war, nicht wahr?« Es standen Blumen in den Fenstern, in Kästen, oder auch, ganz dicht hinter den Scheiben, rundköpfige Blumensträuße.

Er stürzte sich wie ein Feuerwehrmann vom Dienst in den wogenden Schatten des Ladens ZU DEN VIER JAHRESZEITEN, ging in den ersten Stock hinauf – Abteilung Spielwaren. Und sofort sah er sie: rosa in ihrer Vitrine, ganz klein, obenauf ihr leichtes Deckelchen; der weiße Henkel in Form eines S – ein allerliebstes Teekännchen, nicht größer als ein Fingerhut, und es stand auf einem Tablett, genau so groß wie das Blatt der Kapuzinerkresse. Auf dem Tablett zwei Tassen, erbsengroß. Patschuli war ganz vernarrt in dieses Teeservice.

»Wen wirst du zu dem Tee einladen?«

»Stalin.«

So ein Mädchen war sie, ohne jede Furcht! Er hatte Zeit gehabt zu denken: Großer Gott! zu allem anderen ist sie vielleicht auch noch Bolschewikin! Schnell suchten seine Gedanken alles zusammen, was er über Rußland wußte: drei Wörter – Kopeke, Rubel und njet; zwei Flüsse – die Wolga und der Ural (aber vielleicht war der Ural auch ein Berg) und das, was Michael Strogoff einem davon erzählt. Trotzdem! sie sollte sie bekommen, ihre kleine rosa Teekanne. Mit der Hand wies er auf das Wunderwerk hin, hob sich auf den Fußspitzen und ließ sich in einer schaukelnden Bewegung wieder auf die Absätze herabfallen; durch diese Übung sollte der Diensteifer der Verkäuferin erweckt werden, und vielleicht würden die knarrenden Sohlen seiner neuen Schuhe dadurch geschmeidig werden.

Leider lag auf dem Ladentisch auch eine Was-

serpistole, ein völlig neues Modell, und er hatte noch nicht einmal Gelegenheit gehabt, es gründlich zu untersuchen ... Diese vervollkommneten Waffen sind so aufregend. Er malte sich aus, wie der feste und rauhe Pistolengriff in seinen Fingern ruhte; er kannte die Befriedigung, die dieses Gefühl einem verleiht, die Gelassenheit, die einen erfüllt, wenn der Finger den gefügigen Drücker streift.
Vielleicht liebte Patschuli sogar Wasserpistolen? Ein so verwegenes amerikanisches Mädchen. Dort drüben schießt man Weihnachten den ganzen Tag lang Knallfrösche ab.
Er fragte nach dem Preis der Pistole. Und ... legte sie wieder zurück. Er wagte nicht, es auszurechnen, wie viele Wochen ohne Omnibusfahrt nötig wären, um eine Wasserpistole kaufen zu können: das war so ein Rechenexempel, wie es zu Mademoiselle Fuchs paßte, ganz genau.
Geräuschlos versank die Pistole in dem trübseligen Wasser, das Entsagung heißt. Das rosa Teekännchen schlug den gleichen stillen Weg ein.

Der Verzicht auf die Pistole verdiente eine kleine Entschädigung: warum sollte man Patschuli nicht die Schachtel mit Zündhütchen schenken, die er selber gern haben wollte? Sie sahen so nett aus: rund, rosa, flach wie Nagelköpfe. Von ihnen stieg jener Geruch auf, der für eine Jungensnase unwiderstehlich ist. Außerdem waren sie sehr zahlreich vorhanden, es waren so viele, daß jeder Tag der nächsten Woche ein erster August würde sein können. Und Patschuli liebte es, Feste zu feiern!

Er wollte sie ihr schnellstens bringen. Nein, überlegte er, die Finger um seinen Schatz klammernd – zuerst nach Hause gehen: Schnell das Mittagessen herunterschlingen. Keine feierliche Handlung war erforderlich, um Blattspinat zu essen, das Hammelkotelett würde ihn auch nicht viel Zeit kosten: drei Bissen und ... weg war es. Sicher stand da auch ein Teller mit Haferflocken – seine Mutter hielt viel von Birchermüsli und all diesem Kram. Wie konnte man sich mit Corn Flakes vollstopfen, ohne daran zu ersticken? – Er

hatte es noch nicht herausgefunden. Dann wird einem auf den Rücken geklopft: drei Minuten zum Luftschnappen und das Aufstoßen. Die Nachspeise kann man unterwegs verzehren – ein Apfel, wenn nicht ... Vielleicht war Sara heute vormittag in jener besonderen Stimmung – sie hatte dann, was sie »eine Apostel-Seele« nannte; meistens bewog sie dieser Zustand, große Sparmaßnahmen zu ergreifen: sie durchstöberte die Schubläden, wendete sie um und um wie Taschen. Ergebnis: man konnte nichts mehr finden. Aber sie buk auch manchmal einen Kuchen und ließ ihn die Kuchenform auskratzen.
Selbst wenn es darum ging, Patschuli zu besuchen, einen Schokoladenkuchen konnte man doch nicht ausschlagen?
Die Mahlzeit eilig zu sich nehmen ... Sehr verlockende Pläne leisteten ihm Gesellschaft, während er seinem Blattspinat entgegenflog.

II

BEIM ANBLICK EINES VON MAUern umgebenen Gartens wird man immer vor Erregung zittern. Aber ein grünes Tor und eine Mauer, die so hoch ist, daß nur ein graues Dach und ein paar Baumwipfel über den Levkojen zu sehen sind, die den alten Stein mit Blumen schmücken – was ein solches Haus an Träumen und Ängsten hervorzulocken vermag, welche Macht es auf eine jugendliche Einbildungskraft ausübt – das kann nur Quick uns sagen.

Ihm machte das Haus großen Eindruck, es war ein Haus wie aus einem Märchen. Um es sehen zu können, machte er, wenn er aus der Schule kam, einen langen Umweg, er schlich an der hohen efeubewachsenen Mauer entlang, an dem grünen Tor vorbei, mit einem Finger berührte er das Vorhängeschloß, das wie ein großes eisernes Herz vor dem Schlüsselloch hing, er schlenderte weiter, wagte einen Blick durch die Gitterstäbe und ging wieder fort. Alte Zedern verdeckten die Fassade fast völlig. Eines Tages war er gerade zurechtgekommen, um zu sehen, wie ein Kaninchen aus einem Dickicht hervorschoß, neben der Sonnenuhr Männchen machte und dort auf seinem kleinen Hinterteil wartete, die Vorderpfoten über dem Bauch gekreuzt. Man hätte sagen können, ein junges Kaninchenfräulein beim Konfirmandenunterricht, aber außer den Fliederbüschen war niemand da.

Von diesem Haus sagte sein Vater, daß man es immer nur an Patschuli-Leute vermiete.

Eines Tages hatte er verkündet:

»Ich glaube, das Grüne Haus ist vermietet.«

Seine Mutter hatte gefragt:

»Patschulis? Oder einfach Ausländer?«

»Oh! ganz besonders echte Patschulis, das Echteste, was es von dieser Sorte gibt, also Patschulis und nochmal mindestens die Hälfte dazu.«

»Diplomaten?«
»Ich glaube nein. Südamerikaner, will mir scheinen.«
Wie sehr gehörte »das kleine Mädchen auf dem Geländer« zu jener Welt, die sein Vater zwar mit Belustigung, jedoch geringschätzig und mißbilligend »die Patschulis« nannte! Aber wie wenig gehörte sein Vater dazu! Auch seine Mutter nicht und all ihre Freunde. Selbst Mademoiselle Fuchs, selbst Lucienne, die Tochter der Waschfrau, die so arm war und immer mit zerzaustem Haar einherlief, sie gehörten alle noch zur Familie, sie waren »unsere Landsleute«. Krume für Krume bildeten sie diesen festen Boden, diesen brüderlichen Humus, den sein Vater »die Welt der Wurzeln« nannte. Daraus, aus dieser Sorte Menschen, hatte man unsere Stadt geformt. Wenn sie eine Straße beim Namen nannten, so war es eben ihre Straße. Die Straßen gehörten ihnen; die Läden, der Himmel, ja noch die Unfälle der öffentlichen Verkehrsmittel waren ihre Unfälle. Und die historischen Umzüge, die an bestimmten Festtagen durch die Stra-

ßen zogen, gehörten ihnen: es war ihre historische Vergangenheit, die an ihren Augen vorüberzog.
»Unsere Geschichte, Quick« ... Wohingegen die Patschulis ... Hatten denn die Patschulis überhaupt Zeit, sich mit solchen Lappalien zu beschäftigen? Zugvögel. Nomaden. Gewichtige höhere Beamte oder Zirkuskünstler, Musiker, berühmte Autoren, all dies erinnerte an Karawane.
Die einen bekleideten sehr ehrenvolle Posten, Gesandte, Minister, Militärbevollmächtigte. Sie kamen an mit vielen Koffern, mit ihrer Frau, mit ihren Kindern. Man richtete sich in Häusern ein, die einem niemals gehörten, in Möbeln, die man sich nicht selber ausgesucht hatte. Man kaufte für die Kinder Grammatikbücher. Man schickte sie zur Schule. Nach zwei Jahren, nach drei Jahren, fuhr man wieder fort. Neue Grammatikbücher mußten gekauft werden, die in der Sprache dieses neuen Landes geschrieben waren, das einen für zwei Jahre, für drei Jahre aufnahm. Und dann reiste man wieder weiter mit neuen Grammatikbü-

chern ... Und welches war dann zum Schluß die Sprache dieser Menschen? die Patschuli-Sprache — sie waren Patschulis geworden.
Die Koffer und die Grammatikbücher erschienen dem kleinen Quick recht verlockend, und das mit der Karawane war gar nicht so unangenehm. Aber nein, sein Vater liebte Wurzeln: wissen, woher man kommt, wo man herstammt. Warum man dies ist und nicht jenes. Was man will. Was man verteidigt.
»Dein Vater«, sagte seine Mutter, »... dein Vater ist der Zenturio der Evangelien.«
Sie hatte ihn die Beschreibung lesen lassen. Er hatte nichts dagegen, außer daß eine ziemlich schmerzhafte Tracht Prügel, die er aus den Händen des Zenturio hatte hinnehmen müssen, eine nicht gerade besonders evangelienhafte Erinnerung an diese Hände in ihm zurückgelassen hatte. Wo war die Zeit hin, als er seinem Vater im Augenblick einer Prügelstrafe zuflüstern konnte:
»Papa, nimm deinen Siegelring ab, das tut weniger weh.«
Heute würde sein Vater ihn unterbrechen:

»Willst du dich über mich lustig machen?«
Was an seinem Vater gut war, und zwar wirklich gut, das, was Quick an ihm zu würdigen wußte, war, daß er niemals auf eine Strafe zurückkam: das war erledigt, und damit basta! Der Hauptmann kniff seinem Sohn mit Daumen und Mittelfinger in die Backen, er beugte sich herab:
»Erledigt – Quick?«
Und dann ging's los: Man machte einen kleinen Bummel. Oder sein Vater nahm ihn mit in die Pferdeställe. Pferde, das war etwas Wichtiges. Das galt allen beiden sehr viel.

Er kannte Patschuli noch nicht lange. Ach! was für ein Abenteuer! Aber weder von dem Abenteuer noch von der Begegnung wußte jemand etwas. Natürlich war er sehr versessen darauf gewesen, die Mieter des Grünen Hauses einmal zu sehen, jene Leute, über die sein Vater dieses abfällige Urteil fällte: »Das Echteste, was es von dieser Sorte gibt, ganz besonders echte Patschulis, also Patschulis und nochmal mindestens die Hälfte dazu.«

Trotzdem! er hatte sie gesehen – oder vielmehr, er hatte eine von ihnen gesehen.
Sie schaukelte auf dem langen Gitter, das auf die Straße hinausging. Der Wind fegte ihre Haare nach hinten.
»Boy! . . . Boy!«
Was, dieser kleine Teufel wagte, ihn zu rufen! Na wenn schon! du wirst was erleben, ruf nur weiter!
»Boy! . . . Hallo, boy! How are you?«
Sie wagte es? Immernoch! – So eine Hexe!
Dann wandte er sich nach ihr um, ging näher und schleuderte ihr seine Worte mitten ins Gesicht:
»Heda, Patschuli! Hallo, Patschuli!«
»Patschuli? Aber so heiße ich gar nicht.«
Er dachte, sie würde wütend sein, wahnsinnig vor Wut. Er vernahm das reizendste, das bezauberndste Lachen, das man sich vorstellen kann.
Er ging noch einen Schritt weiter. Sie schaukelte immer noch auf dem verrosteten Tor.
»Du kannst deinen Karren wohl nicht ölen – nein? Du kannst das nicht?« fragte der Sohn des Hauptmanns. (Ordnung und Disziplin –

der Hauptmann bemühte sich, diese beiden Tugenden seinem Sohn besonders einzuschärfen; heute zeitigten seine Bemühungen die ersten Früchte.)
»Öl? Bei uns tut man Öl an den Salat.«
Er war darauf gefaßt, sie in die Lüfte davonfliegen zu sehen, mit nackten, goldschimmernden Beinen und Armen, einem stolzen Köpfchen, das auf einem zarten Halse saß; sie hatte graue Augen, die einem gerade ins Gesicht blickten, unter dunklen Augenbrauen, die sich an den Enden etwas in die Höhe zogen... wie Schwalbenflügel, hatte Quick gedacht. Haare, die weit über ihre Schultern herabfielen und von einem blauen Samtband zusammengehalten wurden, eines von den Mädchen, die man ansehen muß und bei deren Anblick man an einen jungen Adler, an einen Panther erinnert wird – die kleine, schwarze Pantherkatze, die er zusammen mit seinem Vater im Zoologischen Garten gesehen hatte. Aber dieses Mädchen war ganz blond.
Eine Patschuli! Diese hier lachte darüber, daß sie eine Patschuli war. Es war sogar so – er

staunte! sie ließ sich nicht aus der Ruhe bringen. Zugegeben, man hatte den Eindruck, sie gehöre einer Welt an, die von der des Hauptmanns sehr verschieden war, einer Kaste, die der seinen sehr fremd war, aber sie gehörte einer der seinen überlegenen Kaste an; sie war eine von denen, die befehlen. »Wurzeln? Wurzeln an den Füßen haben?« – ihr waren Rollschuhe lieber. Ohne viel Umschweife hatte sie ihm das zugerufen.

Und mit was für einer Miene hatte sie erhobenen Hauptes zu ihm gesagt:

»Ich bin Mono Mac Gregor.«

»Oh!« sagte Quick.

Niemals hatte er jemanden gesehen, der ihr ähnlich war.

»Ist deine Mutter hier?«

»Meine Mutter ist weggeflogen. Auf Reisen.«

Sie sprach diesen Satz mit der gleichen Ruhe, als hätte sie zu ihm gesagt: Sie ist zum Bäcker gegangen.

Er dachte, sie wäre in einer Maschine der Air France nach irgendeiner sagenhaften Stadt gereist.

»Ich verstehe«, sagte er.
Sie blieb unbeweglich stehen, bald sah sie ihm offen ins Gesicht, bald betrachtete sie ihren Schuh (Tennisschuhe mit einem grünen Fleck auf einem der Zehen).
Und er stand da, nicht imstande, sich zu rühren.
»Ist dein Vater hier?«
»Er kämpft in Korea.«
»Oh! das tut mir unendlich leid«, sagte er.
»Ist er Offizier?«
»Hauptmann. Hauptmann Mac Gregor.«
(Bei den Patschulis gab es also auch Hauptleute? ...)
Danach wußte man sich nichts mehr zu sagen. Sie war ein hoch aufgeschossenes, kleines Mädchen mit langen Beinen, sehr schmalen Fesseln. Mit einem Satz war sie am Reck und ließ sich in der Luft schaukeln, ihre Hände ließen die Stange plötzlich los, packten sie wieder von der anderen Seite, sie wirbelte um das Reck herum, sie ging, sie kam, den Kopf zuunterst, und stand dann plötzlich wieder auf ihren Füßen:

»Here we are again.«

Eine Patschuli, und mindestens nochmal die Hälfte dazu, das war das also! dachte er verblüfft.

Dann kam sie auf ihn zu:

»Was sagst du dazu? Kannst du Seil springen? Rad schlagen? Kennst du das Spiel ›Es brennt‹? den Affensprung?« fragte sie eifrig, aber in leisem und eiligem Ton. Und mit einer schnellen Bewegung packte sie Quick beim Arm und nahm ihn fröhlich mit ins Haus.

Die Treppe war voll von Taschen, Paketen, Golfschlägern, bis hinauf zum Treppenabsatz, wo in nicht enden wollender Zahl viele Koffer standen.

Jetzt pfiff sie, sie saß rittlings auf zwei Koffern, schlug mit den Absätzen auf sie ein, machte einen Heidenspektakel.

Es war ein Haus, das eigentlich gar nicht wie ein Haus aussah ... Mit ein oder zwei Lokomotiven, dachte er, und mit ein paar Laternen könnte man schnell daraus einen Bahnhof machen.

Es gab große leere Stellen in den Zimmern,

keinen Tisch, den man von einem Großvater geerbt hatte, von einer Großmutter oder einem der Menschen, die früher in der Familie gelebt hatten und die jetzt an den Wänden hingen und beobachteten, ob man ihre Schnupftabaksdose oder ihr Tischchen auch pfleglich behandelte.

Er hatte gefragt:

»Hast du denn keinen Großvater – du? Oder eine Großmutter?«

Sie hatte eine kleine Geste mit den Fingern gemacht, so als ob sie eine Handvoll Sand über ihre Schulter warf, und sie hatte geantwortet:

»Alle tot.«

»Aber ihre Porträts?«

»Wozu? Auf Reisen haben wir schon so viel Gepäck«, seufzte sie, »und dann Mims, die die ganze Zeit über schimpft ... Wenn man dann auch noch seine Großmutter überall mitschleppen sollte!«

Er dachte an sein eigenes Zuhause, an die Menschen in den Rahmen, die ihn von Zimmer zu Zimmer mit durchdringendem und forschendem Blick verfolgten. Er haßte den Kerl von Marignan; er hätte ihm gar zu gern Juckpulver in die Hosen gestreut.

»Ja, erinnerst du dich denn an niemanden?«

Er war ganz aufgeregt über diese neue Weltanschauung. – »Du weißt zum Beispiel gar nicht, ob deine Großmutter deiner Mutter ähnlich sieht!«

»Oh! eine in der Familie ist genug!«

Sie saß auf einer Stuhlkante vor einem Spiegel und steckte Federn in ihr Haar.

Und in diesem Augenblick hatte er Dalila gesehen: das Gesicht der N****** erschien im Spiegel. Neben dem weißen Gesicht Patschulis sah sie aus wie ein alter Lederkoffer, aber die Zähne erleuchteten alles, und die Stimme hob und senkte sich wie in einem Lied.

Mit einem Satz war Patschuli bei ihr.

»Was bringst du uns?«

»Hör mal zu. Ich war am Tor von der Allee und habe alles gehört, was du gesagt hast. Allmächtiger Gott, mein Täubchen, schämst du dich gar nicht, wo doch dein Freund so nett aussieht?«

Gläser klirrten auf einem Tablett. Als sie die Zitronen auspreßte, hätte man sagen können, sie habe vergessen, ihre Handschuhe auszuziehen.
»Ratet mal, was ich euch bringe? Brezel, mein Täubchen. Der Boy da weiß sicherlich, wie man Waffeln ißt, und Limonade wird ihm auch schmecken. Es ist uns wirklich eine große Freude.«
Und sich dem verblüfften Quick zuwendend:
»Mein Vögelchen, Dalila wird auch ein Stückchen Eis hineintun, ihr seid sicher durstig.«
Um den Kopf trug sie ein smaragdgrünes halbseidenes Tuch, ihre Bluse war bonbonrosa, und die Schleifen ihrer weißen Schürze waren gestärkt.
Er hatte noch nie eine N****** gesehen.

Wie innig war er in so kurzer Zeit mit Dalila befreundet gewesen! er dachte daran, während er zu seinem Blattspinat eilte. Sie behandelte ihn wie einen erwachsenen Mann und sprach mit ihm über Patschuli:

»Ich könnte mich zerreißen für sie, wie für keinen sonst in der ganzen Welt. Um die Wahrheit zu sagen, Dalila macht sich große Sorge. Du mußt wissen: meistens ist sie ganz still, aber plötzlich ist sie dann völlig verrückt, man kann sich das gar nicht vorstellen.«

Und ob er sie verstand! Auch ihm bereitete Patschuli Sorge. Er dachte an die neuen Grammatikbücher, an die Koffer ... ein Jahr, zwei Jahre. Und dann eines Tages, wenn er vorm Gitterzaun des Grünen Hauses stünde ... Die Angst schnürte ihm die Kehle zu. Die Hand in seiner Tasche klammerte sich um die Schachtel mit Zündhütchen; das Vorhandensein dieser Zündhütchen machte ihm wieder Mut. Wenn er sein Mittagessen schnell gegessen haben würde, was für einen wunderbaren Nachmittag würde man dann verleben mit den Zündhütchen und Patschuli im Garten des Grünen Hauses!

»Hör mal zu, hör mal zu«, er hörte die Stimme von Dalila – »es ist gar nicht nötig, so laut zu schreien ... Was hast du dir eigentlich bei

dem Geschrei gedacht? Das war ja ein Heidenspektakel in der Allee.«
Und dann brachte sie ihnen die Brezel.
Er fühlte sich stark, selbstsicher, wie ein richtiger Mann, als er in die Straße einbog, die zu seinem Hause führte.

Eine stille, beinahe verlassen daliegende Straße. Ein Lastwagen wartete am Ende des Bürgersteiges. Quick stieg die Stufen der Vortreppe hinauf. Das Sonnenlicht fiel auf die Eingangstür; der kupferne Knopf funkelte. Quick zog die Glocke, und wie er so wartete, daß die Tür aufginge – (diese verflixte Sara überanstrengte sich mittwochs wahrhaftig nicht!) – wanderte seine Hand zu den Geranienkästen hinüber, deren weiße Blüten einen hellen Schein auf die Tür warfen. Die Erde war trokken; man hatte die Blumenkästen nicht gegossen! ... Das sah ihr ähnlich!
Er läutete nochmals die Glocke ... War sie eingeschlafen, diese Schildkröte? Er versuchte es nochmals, noch zwei- oder dreimal, immer

stärker, immer ungeduldiger, und jedesmal hörte man das gleiche schwache Geräusch, und dann das Schweigen, das sich über diesem Geräusch ausbreitete.

Wo war Sara hingegangen? Mit dem Ohr am Schlüsselloch lauschte er ins Haus hinein. Das Schweigen kam ihm ungeheuerlich vor, hohl wie ein Faß; jedes leiseste Geräusch war vernehmbar, selbst das Rascheln eines Blattes, aber er konnte kein Geräusch von einem Menschen erkennen.

Hastig kletterte er die Stufen der Vortreppe hinab, trat bis zur Straßenmitte zurück. Die Fenster mit den verschwiegenen Vorhängen schienen den nach Hause kommenden kleinen Quick von oben bis unten zu mustern.

»Es sieht nicht so aus, als erwarte man dich«, sagte der Lastwagenfahrer mit jener Liebenswürdigkeit, die die freundliche Miene Quicks bei allen hervorrief, die er traf.

Und als Quick mit einem Nein geantwortet hatte:

»Wenn also der Fall so liegt«, sagte er, »wenn du meinen Rat hören willst, solltest du ein-

fach wieder umkehren. Dienstboten sind verdammte Faulpelze, da drinnen ist kein lebendes Wesen. Soll ich einmal ganz laut läuten?«
Diesmal war es fürchterlich. Der Schall der Glocke war plötzlich zu einem kreischenden Tier geworden, es sprang aus der Höhe des Hauses bis in die Tiefe hinab, um mit letzter Kraft noch einen letzten kleinen Schluchzer von sich zu geben, gerade oberhalb des Schlüssellochs. Quick verschlug es die Sprache. Auf der von Sonne ganz weißen Vortreppe wogen seine sonst so leichten Füße schwer wie zwei altmodische Plätteisen, solche, die man mit glühender Holzkohle füllt. Eine solche Angst schnürte ihm die Kehle zu, daß er in diesem Augenblick alles in der Welt darum gegeben hätte, wenn er ganz einfältig in der Schule hätte sitzen können, sehr gerade in seiner Bank mit auf dem Pult verschränkten Händen, während Mademoiselle Fuchs sich näherte, um über ihn herzufallen:
»Das ist mir ja ein feiner Offizierssohn! Immer träumt er. Erzähl mir doch mal, was du da siehst?«

Und in diesem Augenblick tiefster Niedergeschlagenheit, jetzt, da er am Rande eines so tiefen Abgrundes stand, daß der Gedanke an Mademoiselle Fuchs geradezu tröstlich war, jetzt fiel ihm auf, daß nicht nur das Küchenfenster geschlossen war; man hatte darüber hinaus auch noch die Vorsichtsmaßregel getroffen, den Fensterladen vor dem Schiebefenster herabzulassen (damit die Katze nicht auf die Straße entwischen könne, dachte er).
»Na, wie steht's, Herr Hauptmann? ...«
»Ich möchte gern«, stammelte er, »ich würde gern ... einen Blick in die Küche werfen. Es ist nicht sehr hoch, aber ich müßte eine Leiter haben.«
»Gemacht, spring hier rauf!«, der Fahrer klopfte auf seine Schulter, »das wird kaum schwerer sein, als wenn sich ein Hering auf meinem Hut niederließe.«
Und nun steht Quick mit gespreizten Beinen auf den Schultern eines Lastwagenfahrers. Und nun preßt sich Quicks Auge gegen das Fenster der Küche.
Das abgetragene Geschirr stand noch da. Da

standen Stühle, einer, zwei, drei – genau die gleiche Anzahl wie gestern. Und dann sah er die Katze – die Katze, die sich in einem Sonnenstrahl putzte, so friedlich, so glücklich mit aufgeplustertem Fell. Neben ihr lag mit seinem Knochen noch eine Andeutung von einem Hammelkotelett: das war die Erklärung für diesen himmlischen Frieden. Aber obwohl Quick sehr hungrig war, wurde er angesichts der Tatsache, daß sein Kotelett in einen Katzenmagen gewandert war, anstatt seinen eigenen zu füllen, keineswegs mißmutig; im Gegenteil, er fühlte sich weniger einsam: die Katze, das gestohlene Kotelett, das war beruhigend, das waren vertraute Dinge. Auf dem Tisch wartete der Spinat, aber er war nicht gekocht, da lagen die noch frischen Blätter. Er bemerkte auch ein kleines Häufchen Geld von der Höhe einer jener Rollen Pfefferminzplätzchen, wie man sie auf den Bahnhöfen kauft. Das Häufchen ruhte auf einem weißen Briefumschlag. Er entdeckte das Ausgabenbuch, es war zugeschlagen und von Saras Bleistift mit einem diagonalen Strich versehen.

Sara hatte heute morgen keine »Apostelseele« gehabt, aber es bestand kein Zweifel darüber, daß sie ihre Koffer gepackt hatte.
In der Küche herrschte eine unheimliche Ruhe, die nur von dem Ticken der Uhr unterbrochen wurde. Man brauchte sie nur alle acht Tage aufzuziehen.
»Nichts zu hören – he?« fragte der Leitermann.
»Es liegt ein Brief auf dem Tisch, der Spinat ist nicht geputzt, die Katze frißt mein Kotelett.«
»Sie ist durchgebrannt«, sagte der andere lakonisch. »Sie haben bloß zwei Füße, aber wenn man sie ausbüchsen sieht, könnte man glauben, sie hätten ihrer vier. Ja! diese Weiber! Und Sie, Herr Hauptmann, wo bleiben wir nun mit Ihnen? Kommen Sie, steigen Sie auf.«
Quick gab die Adresse von Patschuli an und war wieder quietschvergnügt.
Es wäre natürlich viel vornehmer gewesen, in einem Rolls Royce vorzufahren oder wenigstens hoch zu Roß anzukommen, auf der Stute von Roland oder auch auf dem Pferd,

das GOLDZAUM hieß ... Wem gehörte doch dieses Pferd? Unmöglich, sich darauf zu besinnen. Es war sehr alt, aus der Zeit der fahrenden Ritter.

Auf der Rückseite des Lastwagens stand geschrieben: CARSCHER BIER. Lieferung frei Haus.

III

UND WAS HABT IHR JETZT VOR, meine kleinen Lieblinge? Dalila sah sie nacheinander an und schöpftedabei eine letzte Kelle mit Schlagrahm auf ihre Teller.

Sie aßen die Nachspeise im Garten unter einem großen orangefarbenen Sonnenschirm; Quick verspürte kein bißchen Sehnsucht nach seinem Blattspinat. Zwischen zwei Ästen schaukelte leise eine grün- und weißgestreifte Hängematte, und von Zeit zu Zeit warf Patschulis kleine, sonnengebräunte Hand einen Mandarinenkern nach dem fliehenden Rücken eines Goldfisches, der im Wasser umherschwamm.

»Was heckt Mono aus?«fragte Dalila, »was für Flausen hat sie im Kopf! Ein komisches Kind ...immer schwirrt ihr was durchs Köpfchen.

Komm! – sag, was geht jetzt dahinter vor?«
Und mit ihrem braunen Finger berührte sie die Stirn der Kleinen. Da bemerkte sie auf dem weißen Kleid einen großen Grasfleck. Sie richtete sich wieder auf, ließ einen Seufzer vernehmen und rief Quick zum Zeugen auf:
»Die Kleider dieses Mädchens machen mir abscheulich zu schaffen. Jeden Samstag wasche ich drei weiße Kleider für sie, und ich bügele sie jede Woche zweimal auf. Und nun sieh dir das an! Wenn es dir auch egal ist, was die Leute sagen, mir macht es Kummer«, schalt sie. »Ich mag es nicht hören, wenn sie alle sagen, du seist ein Schmutzfink ... Und zieh die Stirn nicht so kraus.«
»Und du falle gefälligst nicht über mich her wie eine Ente über einen Maikäfer.«
»Du bist manchmal sehr unverschämt, Mono Mac Gregor.«
Dalila ergriff das Tablett und schritt würdevoll zur Tür.
»Und merk dir's, ich bin keine Ente, du Dummkopf. Aber du ... was du bist, das hast du ja selber gesagt: ein Maikäfer. Ist dir jemand

bekannt, der die Gesellschaft von Maikäfern aufsucht? Du weißt ganz genau, daß keiner sie leiden kann.«

Quick mußte jetzt die bittere Erfahrung machen, wie schwer es ist, ein Kavalier zu sein: wenn es ein Insekt auf der ganzen Welt gab, das er scheußlich fand, so waren es bestimmt diese krabbelnden Maikäfer. Trotzdem sagte er mit aller nur denkbaren Zuvorkommenheit:

»Maikäfer? Aber ich mag sie sehr gern, ich jedenfalls. Die sehen so aus wie brauner Kandiszucker, der fliegen kann.«

»Und ich liebe Enten – als ob du das nicht wüßtest!« Das kleine Mädchen war der N***-*** an den Hals geflogen.

Sie war bezaubernd, wie sie da am Halse Dalilas hing und sich von dem großen, dunklen Körper abhob. Sie erkannte, daß sie Dalila gekränkt hatte, und in ihren Augen standen Tränen.

»Ich habe meiner ›Mammi‹ wehgetan?« fragte sie leise.

Das sonnengebräunte Weiß von Patschulis

Armen auf der dunklen Haut Dalilas bildete einen erstaunlichen Gegensatz ... Honig und Sirup, dachte Quick; aber er war verständig genug, um diese Betrachtung für sich zu behalten.

In Dalilas Augen leuchtete ein Schimmer von Stolz.

»Niemand hat ein so gutes Herz wie mein Lämmchen«, sagte sie, und sie drückte das Kind fester in ihre Arme.

Schwach, entfernt, vom Winde hergeweht, klang Karussellmusik zu dem Garten herüber, verweilte eine Sekunde lang. Drei Nasen reckten sich in die Luft, so als sei die Musik ein Wohlgeruch, und Dalila sprach mit strahlender Miene die Zauberworte aus:

»Mir will scheinen, wir haben das Programm für heute nachmittag jetzt gefunden. Wir werden alle drei auf den Jahrmarkt gehen. Was wird mein Lämmchen anziehen?«

Man wählte für das »Lamm« ein Kleid aus rosa Leinen, weiße Strümpfe, saubere Sandalen. Von den Haaren Patschulis wanderte der Kamm zu den Locken Quicks. Ein Strich mit der Bürste über den Pullover. Und während Dalila eine andere Brosche ansteckte und die leuchtendste von all ihren Schnallen aussuchte, streifte sie ihre Schuhe ab und zog leichtere an.

»Es tut meinen Füßen bestimmt nicht gut, wenn ich den ganzen Weg in diesen engen Schuhen, die so drücken, zurücklege, dazu noch die Wärme, von der meine Hühneraugen zu brennen anfangen, daß man meinen könnte, in den Füßen brennten lauter Kerzen.«

Das war auch der Grund, warum sie beschloß, mit den Kindern im Taxi zum Jahrmarkt zu fahren.

Die Fahnen flatterten an den beiden hohen Masten.

Alles stürmte gleichzeitig auf Augen, Nase und Ohren ein. Oh! dieser Geruch von Sägemehl, der Geruch des warmen Grases, der Pferde, es roch nach Benzin, Apfelsinenschalen, Pfefferminzplätzchen, dazu das dumpfe

Klappern der Hufe zum Rhythmus der Musik, die Arena vor ihnen war bedeckt mit dickem, goldschimmernden Sägemehl.
»Hereinspaziert, hereinspaziert, die Vorstellung beginnt.«
Sie wollten dies sehen und das und das, sie wollten Karussell fahren, in die Luftschaukeln steigen, sie wollten versuchen, nach Kokosnüssen zu schießen.
Zwischen den Wohnwagen und den Zelten wogte ein Kommen und Gehen von Clowns, Kunstreitern, Akrobaten, Pferden mit grünen Federbüschen, mit roten Federbüschen, von aufgeregten Hunden mit gelben Halskrausen, während unter der Zeltbahn, im Tosen der Blasinstrumente, Artisten in der Arena umhersprangen, sich an warmen und gebogenen Hälsen festhielten.
»Pi – rou – ette!« kommandierte eine Kunstreiterin und machte in der Mitte der Bahn einen Walzerschritt, und Dolly, die weiße Stute, drehte sich anmutig im Tanz und trabte dann weiter.
All diese Dinge gehörten ihnen; sie selber ge-

hörten diesen Dingen: der berühmte Zirkus Knie war ihr Eigentum.
»Eines Tages«, beschloß Quick – der Sohn jenes Hauptmanns, der die Wurzeln so sehr schätzte –, »werde ich einen Ballen Leinwand kaufen, ein kleines Zelt, einen Mast und einen Wohnwagen.«
Patschuli wollte alles. Alles mußte sie haben, die Luftschaukeln, die Karussells, die Luftschiffe. Ihr verlangte nach allem, was einen gen Himmel trägt, was einem Flügel verleiht.
Die Karussellpferde wirkten abenteuerlich: sie setzten zum Galopp an, hatten zinnoberrote Nüstern, der Kopf war von einer goldenen Stange durchbohrt. Das Karussell glitzerte in vielen Farben. Nichts anderes gab es mehr in der Welt als diesen Aufruhr von Musik, von Bewegung, die einen wie eine Woge umschlossen, ein Brausen, das den ganzen Körper durchdrang, das einen taub und blind gegen alles machte, was nicht Arena, Musik, wehende Mähnen war ... Wo war Dalila? ... Dalila war nur noch ein kleines, graues Ge-

sicht, irgendwo zwischen den Vergoldungen und Malereien, dem Flitter und den Spiegeln.

»Hei! ... Hei! ... Hei!« ruft die kleine Patschuli mit weit geöffnetem Munde, die Augen blitzen in wilder Erregung »... Hei! ... Hei! ...«

Nun steht sie aufrecht, sie hat ihre Sandalen leicht, aber fest auf ihr Reitpferd gesetzt, sie hält die Knie leicht einwärts gebogen, Kopf und Körper sind ganz den Bewegungen des Pferdes angepaßt.

»Hei! ... Hei! ... Hei!« ruft der kleine Quick, der hinter ihr steht. Er selber ist nichts anderes mehr als: Pferd, Menschenmenge, Lichter.

»Jesus Christus!« ruft Dalila, »einer ist genau so verrückt wie der andere ... Ein Junge, der nicht aus Amerika ist, und dabei ist er so verrückt wie alle Amerikaner zusammen. Mono, Quick! Jesus Christus! Sie werden sich die Köpfe einschlagen. Runter, kommt runter, euch wird davon übel werden. Sieh doch bloß mal, wie Quick aussieht, er ist weiß wie ein Bettlaken ...«

Das Karussell dreht sich, geht in die Runde, immer in die Runde; Quick spürte in seinem Inneren ein Schreien, ein Singen. Ein toller Ringelreihen, der ihn mit Patschuli zusammen davontrug in einem Wirbel von Lichtern, von Musik. Einige Sekunden höchsten Entzückens ... Und dann ...
Er wußte niemals, wann er ausgeglitten war. Plötzlich war Patschuli allein und klammerte sich mit beiden Händen an die Kupferstange, die durch den Kopf ihres Pferdes ging, sie fühlte die Leere hinter ihrem Rücken, und beinahe umgehend erblickte sie Quick.
Auf dem Boden ausgestreckt, regungslos, mit weit geöffneten Augen starrte er die Mittelsäule an und lächelte. Auf seinem ganz weißen Gesicht lag das gleiche Licht, das seine Züge erhellt hatte, als er auf seinem Pferd stand und es anfeuerte, während sein »Hei! Hei! Hei!« durch die Zähne pfiff. Gerade dieses Lächeln jagte ihr Angst ein. Es wäre ihr sehr viel lieber gewesen, wenn sie ihn hätte brüllen hören, oder sogar, wenn sie gesehen hätte, daß ein wenig Blut aus seiner Stirn

quoll. Aber so: so glücklich und ruhig, das war unerträglich! Um jeden Preis mußte man ihn aus diesem Glücklichsein herausreißen. In zwei Sprüngen war sie bei Quick. Dalila war schon da, über Quick geneigt wie ein großer Schokoladenengel; ihre Finger huschten über die bleichen Wangen. Die gebieterischen Finger Patschulis gruben sich in die Schultern der N****** und mit fester Stimme, mit unerwarteter Mütterlichkeit, gab sie vernünftige, genaue und schnelle Befehle.

»Bleibe hier, ich weiß, wo die Unfallstation ist. Ich nehme einen Wagen und hole den Arzt von der amerikanischen Botschaft. Man wird Quick zu uns ins Grüne Haus bringen. Ich selber werde den Hauptmann benachrichtigen.«

»Seine Mutter muß man holen«, sagte Dalila.

»Nein«, antwortete Patschuli mit Nachdruck. »Wenn er nach ihr verlangt, sage ihm, daß sie kommen wird. Quicks Mutter —« Das kleine Mädchen sah die N****** an, blickte dann zur Seite ... »Ich habe gesehen, daß eine Wiege in das Haus des Hauptmanns gebracht wurde.«

»Jesus Christus!« rief Dalila.

Sie wußte Sachen, diese Patschuli! Wenn das Grüne Haus für Quick ein zauberhaftes Geheimnis war, so war Quicks Haus das Geheimnis Patschulis. Sie sprach mit niemandem davon. Niemals hatte Quick sie dabei überrascht, wie sie durch den Gitterzaun vor seinem Haus spähte, mit dem gleichen unschuldigen und begierigen Blick, den er so oft über die Mauern des Grünen Hauses schweifen ließ.

Sie wußte Sachen; und was sie alles wußte! Sie kannte Sara vom Sehen ... Daß diese dumme Gans ausgerechnet heute ausgerückt war, verwunderte sie keineswegs. Niemals wäre Dalila in einem so besonderen Augenblick davongegangen: es würde bei dem Hauptmann so viel zu tun geben. Wenn in einem Hause ein Kind ankommt, dann gibt es wahnsinnig viel Arbeit und Schwierigkeiten. Jeder ist müde zum Umfallen, und die Mamas sind dann nicht viel wert; sie sind in der Klinik oder liegen krank im Bett. Wenigstens in Amerika ist das so.

Eines Tages hatte man eine Wiege gebracht. Ein anderes Mal war es ein Kinderwagen, ein wirklich sehr hübscher Wagen; sie hätte ihn gern selber geschoben. Der Hauptmann gefiel ihr ungemein, er war groß und hager, er erinnerte sie an ihren Vater; sein Blick war schnell, gebieterisch, aber ein langsames Lächeln erhellte das Gesicht bis zu den Augen. Quick hatte das gleiche Lächeln.

Für Quicks Mutter empfand sie ganz einfach abgöttische Verehrung – sicher hatte sie Angst vor dem Donner, vor Kühen und noch einer Unmenge anderer Dinge. Aber gerade deshalb wirkte sie so zerbrechlich. Einmal hatte sie sie sogar lachen hören, es war ein leichtes, spöttisches, so zärtliches Lachen; und soll man es für möglich halten: sie lachte den Herrn Hauptmann aus. Der Herr Hauptmann war deswegen nicht im geringsten böse. »Soldaten sind die besten Ehemänner« – ihre Großmutter hatte sie solchermaßen belehrt – »außerdem sind sie auch oft abwesend«, hatte sie hinzugefügt.

Als Quick eine halbe Stunde später die Augen öffnete, lag er in Patschulis Bett in einem Zimmer, in dem keine Ahnenbilder an den Wänden hingen, wo es niemanden gab, der einem in dreiviertel Höhe einer Wand einen hochmütigen und herausfordernden Blick nachschickte, jenen »Marignan-Blick«:
»Du warst nicht in Marignan, du nicht – mein Bürschchen!«
»Natürlich war ich nicht dort, du eiserner Gockel! Aber du, du warst auch nicht der einzige, der dort war.«
Hier jedenfalls blieb man unbehelligt von dem Kerl von Marignan.
Was er zuerst sah, das war das kleine Mädchen; die Kleine hielt seine Hand, und sie, die keine zwei Minuten stillsitzen konnte, schien, als sie sich über ihn beugte, sehr aufmerksam zu sein, erfüllt von besorgtem Verantwortungsgefühl.
»Oh! Quick«, fragte sie, »geht es dir besser? Stell dir vor, dir fehlt fast gar nichts, du mußt wissen: bloß ein Bein gebrochen. Bedenke, daß du ein Auge hättest verlieren können,

alle Zähne hätten eingeschlagen sein können, alle Rippen gebrochen.«

»Ich finde, es genügt, Mono Mac Gregor!«

»Sie hat das Herz auf der Zunge, diese Kleine; wie sie drauf losgeht! Die Rippen, die Zähne, ein Auge – noch mehr? Nein, mein Sohn«, die Stimme des Arztes erreichte Quick, »es ist noch sehr gnädig abgelaufen, diesmal. Es ist ein ganz glatter Bruch, ganz sauber, ohne jeden Splitter. Das nächste Mal wird man es besser anstellen, bei der Rückkehr aus ... Was willst du eigentlich einmal werden? Akrobat? Forscher?«

»Astronom«, sagte der kleine Quick schnell.

»Man wird ein Netz aufspannen«, versicherte Patschuli mit fester Stimme; »es hat nichts Beschämendes, vom Mond in ein Netz zu fallen.«

»O.K.«, sagte der Arzt, »jedenfalls wird Monsieur seine beiden Beine nötig haben, um die Himmelsreise zu unternehmen. Deshalb werden wir sofort hier herangehen. Der kleine Bursche ist doch mutig – nein?«

»Er hat einen Löwenmut«, sagte Dalila.

Quicks Kehle schnürte sich zusammen; eine fürchterliche Angst überkam ihn. Der Schweiß machte die blonden Locken auf seiner Stirn dunkler, und seine Hände begannen zu zittern ... Oh! wenn er wenigstens auf der Schwelle zum Zimmer seiner Mutter hätte sitzen können, wenn er ihr hätte zusehen können, wie sie vor ihrem Frisiertisch ihre Haare kämmte und ihm dabei aus dem Spiegel zulächelte.

»Man wird die Damen bitten hinauszugehen, nicht wahr, Quick? Das hier ist eine Sache unter Männern.«

Der Arzt hielt Quick beim Handgelenk, er beobachtete das ganz weiße Gesicht auf dem Kopfkissen. Er gab seinem Assistenten ein Zeichen.

»Ich werde dieses Zimmer nicht verlassen; wir gehören zusammen, wir beide«, die kleine Hand Patschulis legte sich auf die Finger von Quick; sie hielt sie fest, ganz fest ... »Als mein Vater sich den Arm brach, habe ich an seiner Stelle geschrien. Mein Vater hat mir gesagt, das hätte ihm sehr wohlgetan.«

»Du sagst nicht alles, du erzählst ja gar nicht alles, was Hauptmann Mac Gregor gesagt hat: daß er von deinem Schreien ganz taub geworden sei; daß er zwei volle Tage nichts Vernünftiges mehr habe hören können.«

»Ihre Trommelfelle können was aushalten?« fragte der Arzt seinen Assistenten.

»Es geht.«

»Dann also ...«

Man muß sagen, daß Patschuli sich selbst übertraf. Es war verblüffend, so wirkungsvoll, daß Quick, der sein Möglichstes tat, um sich verständlich zu machen, stillschwieg, betäubt und versteinert. Sie heult ebensogut wie die Dampfpfeife einer Lokomotive, dachte er.

»Es ist eine Schande, Mono Mac Gregor! Bestimmt werden die Arbeiter von der Schokoladenfabrik an die Fenster stürzen, überzeugt, daß Feuer ausgebrochen ist.«

»Sie würde ganz gut nach Manhattan passen, in den Hafen: ›Nebelhorn‹?«

»Oder auch auf das Meer, bei Schiffsuntergängen«, sagte der Assistenzarzt.

»... Zum Beispiel, wenn ein Schiff mitten ent-

zweibricht«, half ihm Patschuli weiter, eifrig und strahlend, »und wenn der Bordfunk nicht mehr geht.«
»So einen Posten könnte man nicht ablehnen, Mono Mac Gregor ...«

IV

WIE SPRICHT MAN MIT EINEM Hauptmann, der nicht Hauptmann in der amerikanischen Armee ist? Wie bringt man es einem Hauptmann bei, daß sein Sohn sich ein Bein gebrochen hat, daß er von einer N****** gepflegt wird, in einem Hause, das der Hauptmann niemals betreten hat? ... »Herr Hauptmann«, wiederholt sie im Geiste und hüpft dabei mit ihrem leichten Schritt durch die langen heißen Straßen, ihre Finger halten den Brief fest, den der Doktor Hamilton von der amerikanischen Botschaft an Capitaine Brun geschrieben hat ... – »Herr Hauptmann«, wiederholt sie, »ich muß Ihnen etwas erzählen.« Sie meinte, das sei eine vorzügliche Einführung; danach konnte man zu den schwierigeren Dingen übergehen ... »Herr Hauptmann« – nur keine Silbe auslassen, sie würde sonst niemals ihren Satz wiederfinden.

Und plötzlich sah sie ihn; sein großer, forscher Schritt hallte vom Bürgersteig wider, er ging schnell, seine Stiefel glänzten in der Abendsonne, er schien in Gedanken versunken, nicht allzu bester Laune, meinte sie.

»Herr Hauptmann!«

Der Satz kam ganz von allein; ernst, durch nichts behindert, formten sich die Worte und verließen wohlgesetzt Patschulis Mund, zusammen mit ihrem Atem.

»Mir etwas erzählen, du mir?«

»Ja, Ihnen«, sagte Patschuli, höchst verwundert darüber, daß sie keine Angst verspürte.

Der Wind hob ihre in die Stirn fallenden Haare empor, und die Sonne beschien ihr feuchtes und blasses Gesicht.

Er blieb vor dem Hause auf dem Bürgersteig stehen, er war viel zu erstaunt und konnte sich nicht so schnell zurechtfinden. Ein Mädchen stand vor ihm auf den Stufen, die Hand auf das Treppengeländer gestützt. Er mußte sie schon einmal gesehen haben; er erinnerte sich an die kurze Hose, die sie trug, und an die Art, wie sie den Leuten ins Gesicht blickte ... Aber das ist doch das Kind aus dem Grünen Haus, dachte er, das ist eine Patschuli.

Die Augen des kleinen Mädchens, vertrauend und erwartungsvoll, blieben auf dem Gesicht des Hauptmanns haften. Und der Hauptmann fühlte eine plötzliche Angst in sich aufsteigen.

»Es handelt sich um Quick«, sagte sie.

»Quick?«

Er merkte, daß seine Stimme schwankte, er wartete eine Sekunde und erkundigte sich dann in sachlichem Ton:

»Was ist los mit Quick?«

Aber das Kind ließ sich nichts vormachen: es wußte, daß der Hauptmann Angst hatte.

»Es geht Quick sehr gut«, sagte sie. »Augenblicklich verspeist er in meinem Bett ein Zitroneneis. Sein Bein ist geschient. Hier ist der Brief vom Doktor Hamilton. Sie brauchen sich keine Sorge zu machen, weder jetzt noch später. Ich bin an allem schuld«, fügte sie mit einem schönen Lächeln hinzu, »ich wollte ihm den Kosaken-Sprung beibringen.«

»Den Kosakensprung?« Das erinnerte ihn an etwas, Proben im Zirkus, eine schwierige Nummer ... Sollte der Vater dieses kleinen Mädchens ... Beinahe hätte er gefragt: Ist dein Vater Akrobat?

Aber das Kind kam seiner Frage zuvor:

»Mein Vater ist der Hauptmann Mac Gregor von der amerikanischen Armee. Er kämpft in Korea.«

Der Blick des Hauptmanns fiel auf das Kind. Es hatte einen so ernsten Gesichtsausdruck, sah plötzlich so alt aus, daß er Rührung empfand.

»Habt ihr Nachricht von ihm?«

»Ja«, sagte sie. »Er sagt, es ginge alles gut, aber das sagt er nur, um mich zu beruhigen. Die Männer sagen den Damen nicht oft die Wahrheit, nicht wahr, Herr Hauptmann?«

Die Augen des Hauptmanns blickten in das Gesicht des kleinen Mädchens ... In dieser kleinen Göre steckte etwas, sie war stark, sie hatte etwas Freimütiges, das ihm gefiel. Er überflog rasch den Brief des Doktor Hamilton von der amerikanischen Botschaft (als hätten wir bei uns keine Ärzte, dachte er verärgert; man mußte einen Amerikaner bemühen, um seinen Sohn zu behandeln). Das Postskriptum blieb ihm unverständlich: man sprach zu ihm von einer gewissen Dalila. Das muß die N****** sein; eine schöne Bescherung!

Er war beinahe erleichtert, als das Kind mit gesetzter Stimme wie ein Erwachsener fragte:

»Sind Sie seit heute früh schon zu Hause gewesen, Herr Hauptmann?«

»Nein«, sagte er. »Warum?«

»Dann muß ich Sie von dem Vorgefallenen unterrichten: Zuerst ist Ihre Sara auf und davon gegangen, aber sie hat kein Geld mitgenommen wie Ihr früheres Mädchen«, bemerkte sie wie zum Trost; »Sara hat das Geld in einem kleinen Röllchen auf den Küchentisch gestellt. Da ist auch ein Brief, und der Spinat ist nicht geputzt. Quick hat alles durchs Fenster gesehen. Ein Lastwagenfahrer hat ihn auf seine Schultern klettern lassen. Die Katze verzehrte gerade sein Kotelett. Dann kam Quick zu uns zum Mittagessen«, sie schöpfte Atem – »Und danach ...«

»Was, das ist noch nicht genug? Das platzt ja herein, als hätten sich Schleusen geöffnet: ein gebrochenes Bein, das Mädchen weg, und Quicks Mutter, die ...«

»Ja, aber nun müssen wir wieder Stellung beziehen«, sagte diese Hauptmannstochter, »am einfachsten wäre es, wenn wir uns bei Ihnen einrichteten.«

»Hier? In diesem Haus?«

Der Hauptmann hob den Kopf, betrachtete die friedliche Fassade seines Wohnhauses, und plötzlich schien es ihm, als seien alle Probleme der großen Manöver, das Gezeter des Colonel Klaus und seines ganzen Stabes, die Strapazen und der Ärger nur Schokoladenplätzchen im Vergleich mit den Aufgaben, die ihn hier erwarteten. Er machte einen Schritt vorwärts, und Patschuli, als läse sie in seinem Gesicht:

»Dalila liebt Babys wahnsinnig«, bemerkte sie sachlich, ihre Augen blickten auf die Geranien, die nicht gegossen worden waren und in ihren Kästen verdorrten ... »Sie versteht mit Säuglingen umzugehen wie kein anderer.«

»Was? Wer kann mit Säuglingen umgehen?«
»Dalila. Aber das steht da geschrieben, sehen Sie doch: der Doktor Hamilton sagt es Ihnen hier, da unten auf dem Briefbogen steht es.« Der Finger Patschulis näherte sich, berührte das Papier ... »Hier.«
Der Hauptmann blickte noch einmal auf seinen Brief ... Dieser Hamilton, das war jemand sehr Ordentliches, er war ihm im Klub begegnet. Diese Art von Boy-scout, die die Amerikaner an sich haben, setzte ihn immer wieder in Erstaunen. Business und Boy-scout – das war es! heute jedenfalls hatte er Bestes geleistet. »Der Doktor kann mit sich zufrieden sein«, brummte er in sich hinein ... Welchen Rat gab er ihm? Die Hilfe Dalilas in Anspruch zu nehmen ... Er war überzeugt, daß der Hauptmann Mac Gregor, ein Jugendfreund von ihm, sehr glücklich darüber wäre.
»Diese Dalila – kennst du die schon lange?«
»Wenn sie gestorben sein wird, dann wird man sie im Familiengrab Mac Gregor beisetzen: sie gehört zur Familie«, sagte sie stolz. »Sie ist bei uns geboren, auf den Mac-Gregor-

Plantagen, und ihre Eltern vorher auch, überhaupt alle, seit ...« Sie versuchte, die Zeit nachzurechnen ... »Oh! schon immer. Sie hat auch mich aufgezogen. Sehen Sie mich an, Herr Hauptmann, bin ich nicht gut geraten? Und ihre Mutter hat meinen Vater aufgezogen. Aber das ist wahrscheinlich viel leichter gewesen.«

»Ach! das möchte ich noch bezweifeln.«

»Natürlich können wir Quick bei uns im Grünen Hause behalten, aber Dalila meint, Quicks Mama würde Qualen ausstehen und sich ängstigen, so sehr ängstigen. Das ist nicht gut für sie.«

Der Hauptmann erschrak, er stellte einen besitzergreifenden Stiefel auf die unterste Treppenstufe. Patschuli, die auf der dritten Stufe vor ihm stand, stieg rückwärts nach oben, während er heraufkam.

»Oh!« sagte sie plötzlich, und alle Farbe wich aus ihrem Gesicht, »zu Hause, mit meinem Vater, da stiegen wir auch immer so die Vortreppe hinauf, und kurz ehe wir bei der letzten Stufe anlangten ...«

»Dann machte er es so, nicht wahr?«
Wie eine Feder fühlte sich Patschuli in die Lüfte emporgehoben, dann auf die Treppe niedergesetzt.
Die Gedanken des Hauptmanns wanderten in die Ferne, nach Korea, zu diesem Kameraden, der vielleicht niemals mehr mit seinem Töchterchen die Vortreppe des Hauses Mac Gregor hinaufsteigen würde.
»Oh!« sagte sie, ganz benommen vor Freude, »oh! Sie sind wie mein Vater.«
In einer jähen Bewegung ergriff der Hauptmann die Hand Patschulis und hielt sie in der seinen fest:
»Nun aber schnell«, sagte er. »Ich bin überzeugt, diese hirnverbrannte Sara hat nichteinmal Quicks Bett gemacht.«
Natürlich, das Bett war nicht gemacht, aber die Kleine war geschickt; was sie tat, geschah mit Überlegung, sie hatte kluge Augen. Sie konnte sehen, denken. Sie legte die Kopfkissen richtig hin, ließ den Vorhang herab.
»Man kann meine Hängematte hier zwischen diesen beiden Türen aufhängen. Im Sommer

schlafe ich niemals in einem Bett. So kann ich mich um Quick kümmern, ich werde seine Krankenschwester sein.«

In der Küche war alles genau so, wie Quick es beschrieben hatte, nur daß die Katze versucht hatte, den Brief zu öffnen, und daß der Spinat ganz welk aussah.

Man eilte im Trab durch den Salon, man schloß Fenster, man ließ Vorhänge herab. An der Wand wartete Geoffroy mit dem Narbengesicht, in der Hand seinen Haudegen, das Kinn von der hohen weißen Halskrause erhellt.

»Oh! da ist ja der ›eiserne Gockel‹, nichtwahr«, erkundigte sich Patschuli, »Ihr Großvater von Marignan? Er ist beim Film? Das hatte mir Quick gar nicht gesagt«.

... Eiserner Gockel? So also nannte sein Sohn den Ahnherrn? Es offenbarte ihm eine ganz neue Welt, dies kleine Mädchen.

»Das ist nicht mein Großvater, dieser hier ist älter; er hat bei Marignan gekämpft.«

Sie hatte eine Art, die Jahrhunderte durcheinanderzuwerfen! Und wie sollte man ihr Geschichtskenntnisse beibringen?

»Franz I.«, sagte er und schloß das große Fenster ..., aber er sah, daß es sich nicht lohnte, sie hatte noch niemals etwas von Franz I. gehört. Vielleicht weiß sie in der Geographie besser Bescheid. »Marignan liegt in Italien ...«
War ihr Italien ein Begriff?
Er wandte sich um.
Sie war gerade dabei, Italien mit einer leichten Handbewegung abzutun; mit einer solchen Handbewegung wird sie vermutlich später einmal ihre Puderquaste schwenken.
»Ein Land für Hochzeitsreisen – nicht wahr? Es ist voll von Gemälden und Statuen, man kann keinen Schritt tun, ohne den Fuß auf ein Grab zu setzen. Den ganzen Tag lang muß man Kuppeln oder Dome ansehen. Und am Abend kümmert man sich um den steif gewordenen Hals.«
Er sah ein, daß Italien erledigt war.
»Was sie wollte, sie ...«, sie unterbrach sich eine Sekunde lang, um eine Gardinenschnur in Ordnung zu bringen, »was sie wollte ... als Astronom hätte man doch eine erstklassige Stellung, nicht wahr, Herr Hauptmann?«

»Der Beruf reizt dich? Man rechnet den ganzen Tag, mußt du wissen. Und nachts ...«
»Und nachts ist man bei den Gestirnen. Das ist sehr aufregend, Herr Hauptmann. Wird Quick ein Raketenflugzeug haben?«
»Will mein Sohn Flieger werden?«
»Astronom«, verbesserte sie. »Flieger ist nicht mehr sehr modern.«
»Ach, das wußte ich nicht.«
Sie verzog verächtlich den Mund, schüttelte ihr üppiges blondes Haar, um ihrer Meinung über die zivile Luftfahrt Ausdruck zu verleihen.
»Fast eben so gewöhnlich wie früher mal die Droschkenkutscher. Aber ihre Versicherungsprämien sind viel höher.«
»Ein Beweis dafür, daß die Gefahr größer ist.«
»Das will ich nicht sagen, aber Astronom wirkt so viel vornehmer. Oh!« fragte sie begierig, »sagen Sie mir, warum legen Sie so viel Wert auf Wurzeln? Quick sagt, für Sie müßten überall Wurzeln sein: Sie wollten unbedingt Wurzeln unter Ihren Füßen fühlen ...

Für uns sind sie ein Greuel! Auf der Plantage bedeuten Kiefernwurzeln den Tod der Baumwolle; man bekämpft sie, so sehr man kann, es kostet wahnsinniges Geld, sie auszuroden. Und warum soll ich ein neues Grammatikbuch haben, und warum es alle drei Jahre wechseln? Und wir sind niemals mit einer Karawane mitgereist, wissen Sie. Und warum nennt Quick mich Patschuli – wissen Sie das?«
Der Hauptmann legt seine beiden Hände an die Ohren:
»Und du, weißt du, wie man ein Maschinengewehr auseinandernimmt?«
»Nein«, sagte sie harmlos, »aber Sie werden es mir zeigen, nicht wahr? Ich begreife solche Sachen sehr schnell.«
Sie wollten jetzt aus dem Salon herausgehen, Patschuli schüttelte noch ein Kissen auf, glättete die Falten eines Teppichs. Man erwartete um fünf Uhr dreißig den Anruf des Doktor Hamilton. Der Hauptmann zog seine Uhr.
Es war eine jener Sekunden zwischen zwei Windstößen, in denen die Dinge so unbe-

weglich erscheinen; man möchte sagen, sie atmeten leise, sie wollten einem ein Geheimnis anvertrauen. Das ganze Haus schien verzaubert zu sein. In einem Spiegel schimmerten matt die Uniformknöpfe des Hauptmanns, ließen ein Leuchten zurück, löschten es wieder aus. Von der Stille eingeschüchtert, blieb Patschuli ganz dicht neben ihm, ihre Hand lag in der seinen. Zwischen den vergoldeten Pfosten des Spiegels blickten ihre beiden Gesichter sie mit großen erstaunten Augen an: Die beiden hatte man hier noch niemals zusammen gesehen – früher ... Wo war Quick? ...
Der Wind blähte die Vorhänge, der Saum einer Wolke schwebte über der ganzen Länge des Spiegels, Patschuli nebst Hauptmann wurden wie einfache Schatten davongejagt. Man hörte das Klingeln des Telephons. Unwillkürlich zog der Hauptmann seine Uhr: fünf Uhr dreißig auf den Glockenschlag. Er selber schätzte Pünktlichkeit außerordentlich, aber die Pünktlichkeit der Amerikaner reizte ihn jetzt. Sie stürzten zum Apparat hin.

»Hallo, Capitaine Brun?«
»Am Apparat.«
»Hier Doktor Hamilton. Ich melde Ihnen die Ankunft der Karawane.«
Der Hauptmann zuckte leicht zusammen ... Fiel dieses Wort rein zufällig, oder ob Quick? Die Berichte Patschulis klangen noch in seinen Ohren und ließen für die Möglichkeit eines Zufalls nur sehr wenig Raum. Man hätte wetten können, daß dieser verteufelte Quick alles, was sein Vater über die Patschuli-Welt dachte, ausgepackt hatte.
»Doktor Hamilton«, begann der Hauptmann mit einer ein wenig gepreßten Stimme, »wie kann ich Ihnen jemals beweisen ...«
Aber der Doktor Hamilton schätzte Bedanken nicht. Er wollte kein weiteres Wort hören, andernfalls würde er Quick mitten auf der Straße sitzenlassen: »Sagen Sie, Capitaine, wir sind ganz in Ihrer Nähe, können wir Sie aufsuchen ... nun ... sagen wir, in sechs Minuten? Aber wenn Sie etwas mehr Zeit brauchen, um Ihre Dispositionen zu treffen, kann der Chauffeur langsam fahren. Quick ist sehr gut in Form.«

Der Hauptmann verlangte keine zusätzliche Minute, er wünschte vor allen Dingen, sein Kind zu sehen.

»Das Zimmer wäre fertig, das Bett gemacht ... Wenn Sie also so liebenswürdig sein wollen ...«

»Ich muß Sie noch darauf aufmerksam machen, daß wir sechzehn sind.«

»Sechzehn?«

Das Erstaunen war nicht nur geheuchelt ... Bildete sich denn dieser Idiot von Amerikaner ein, er solle zu einer Garden-party kommen? — der Hauptmann war wütend.

»Sechzehn«, wiederholte die ermutigende Stimme: »Sie brauchen bloß mal mitzurechnen; ich zähle auf: Quick, sein Arzt — macht zwei ... Sagen Sie, ist Ihre Katze ein Kater oder eine Kätzin?«

»Meine Katze?«

»Es ist eine Kätzin«, flüsterte Mono Mac Gregor.

»Großartig, es wäre nämlich unmöglich gewesen, den WÜSTENGEIST zurückzulassen.«

»Handelt es sich um ein Pferd?«

»Nein, ich spreche von einem Kater, einem blauen persischen Kater. Dann folgt mein Assistenzarzt mit elf Goldfischen. Endlich beschließt Dalila den Aufzug mit einem Zitronenkrem in einer kleinen, tragbaren Eismaschine. Die Rechnung stimmt, nicht wahr, Capitaine? Und nun mache ich Ihnen einen Vorschlag: sobald Sie wegen des Kindes beruhigt sind, könnten Sie dann nicht Ihre Frau abholen? Sie könnten beispielsweise mit ihr in das Geschäft OBST UND SÜDFRÜCHTE gehen – Quick träumt immerzu von Apfelsinen, Pampelmusen und gelben Früchten: Sie hätten damit Zeit gewonnen, ihr möglichst schonend von dem Vorgefallenen zu berichten, und ich hätte Zeit, den Kranken zu versorgen. Mein ärztliches Instrumentarium und ich wären dann bereits verschwunden, wenn Sie mit Ihrer Frau nach Hause kommen.

Und noch etwas: sagen Sie der Mutter von Quick, daß ich, wenn sie ihn gern loswerden möchte, ein dankbarer Abnehmer wäre – ein ganz entzückender und aufschlußreicher Junge. Er hat mir ungeheuer viel erzählt.«

»Ich ahne es«, seufzte der Hauptmann ...
»Wurzeln, Karawane ... Alle drei Jahre ein neues Grammatikbuch.«
Das Lachen des Doktors dröhnte im Apparat, verstummte dann.

V

IHR KIMONO AUS DUNKELBLAUER Seide fiel in langen Falten an ihrem Körper herab, die Frau des Hauptmanns bürstete vorm Schlafengehen ihre Haare. Sie lagen als dunkle gewellte Masse auf ihren Schultern, und ihre Haare immer noch bürstend, schritt sie durchs Zimmer, räumte Kleider in den Wandschrank, schlug das Bett auf, legte den Schlafanzug des Hauptmanns darauf und sprach mit ihm über Quick.

Einen Augenblick lang stand sie in der Mitte des Zimmers still. Jedes Zimmer hat seinen Geruch. Der dieses Zimmers schien aus dem Wohlgeruch der Zedern und des Vogelkirschbaums zu bestehen, die dem Rasenhang sein freundliches und gleichzeitig stolzes Aussehen verliehen. Es war ein glücklicher Geruch. Zu diesem Geruch gesellte sich ein anderer – schwerer, geheimnisvoller: er kam aus der großen Kommode –, ein altertümlicher Geruch, der nach Gewürzen, nach Rosen aus der Zeit vor hundert Jahren duftete. Auch er spendete Kraft. Die Frau des Hauptmanns atmete rasch, sie atmete diesen Duft ein, der ihr ein so warmes Gefühl von Sicherheit gab. Man muß sich an etwas festhalten können – mag es auch nur ein Vorhang sein, oder ein Geruch –, wenn man Angst gehabt hat, wenn das Unglück einen bei den Schultern berührt und sich noch einmal, man weiß nicht, warum, abgewendet hat. Niemand weiß jemals, wann Dinge geschehen: man macht Pläne, man erwägt etwas, man blickt auf seine Uhr, man sagt sich: um sechs Uhr werde ich meinen Mann und meinen kleinen Sohn wiedersehen.

Und dann taucht der Mann plötzlich beim Friseur auf. Wie gütig es von ihm ist, einen abzuholen! Er führt einen zu dem Laden »Obst und Südfrüchte«; man sucht Pampelmusen aus, Apfelsinen, und während der

Hauptmann noch schwankt, ob er Kakifeigen oder Paranüsse nehmen soll, bringt er einem, gemütlich wie ein Kater schnurrend, seine Geschichte bei: »Sara ist weg.« — »Schließlich ist das keine Katastrophe; es paßt jetzt gerade schlecht, das ist alles. Morgen gehe ich ins Stellenvermittlungsbüro.« — »Nicht nötig, das hab ich schon übernommen.« — »Du?« Der Ton der Stimme verrät so viel Überraschung, daß der Herr Hauptmann das Recht hat, deswegen gekränkt zu sein, es war beinahe ein Aufschrei gewesen. Und dann, als man sich über die Ananaskolben beugte, war der Name Mono Mac Gregor gefallen. »Mono ... wer?« — sie hatte niemals von dieser Person sprechen hören. Und plötzlich, als sie gerade eine Wassermelone in Händen hielt, hatte sie gefragt: »Wo ist Quick? Quick ist etwas zugestoßen.« Wassermelone und Pampelmusen waren zu Boden gerollt, sie stand schon auf der Schwelle des Ladens, und durch einen wunderbaren Zufall hielt dort gerade ein Taxi. Im Wagen hatte sich der Herr Hauptmann dann sehr von der Seite »Hauptmann am Inspektionstage« gezeigt, er hatte eine hübsche kleine Ansprache gehalten ... So trösten die Männer nun einmal ihre Frauen: sie schelten sie ein wenig und liebkosen sie. Er sprach mit großer Bestimmtheit, so als wäre sie ein Kind und nicht ganz zurechnungsfähig. Aber sie blickte in seine Augen; was die Augen des Hauptmanns sagten, vertrug sich nicht immer mit den Worten, die aus seinem Munde kamen. Nur, muß man wissen, hatte sie sehr schnell in diesem Blick zu lesen gelernt und ließ sich nicht mehr täuschen.

Wie dem auch sei – wenn man ihr gesagt hätte, daß sie noch vor Ende des Nachmittags in den Armen einer N****** weinen und sich nicht einmal deswegen schämen würde, dann hätte sie geglaubt, sie befände sich im Kino.

Natürlich waren sie viel zu früh nach Hause gekommen, Doktor Hamiltons Pläne fielen durcheinander wie Streichhölzer. Sie eilte auf Quicks Zimmer zu. Der Assistenzarzt hielt eine Katze im Arm; sie hatte Goldfische gesehen, eine fremdartig klingende Stimme vernommen:

»Ruf deine Mama, Quick, ruf sie ganz laut, es tut ihr gut, dich zu hören.«

»Mein Liebling, mein Liebling.«

Sie hielt ihn an sich gepreßt, ganz fest, ihre Hand strich über die kleine weiße Wange.

»Ich auch, ich auch!«

Ein kleines Mädchen hatte sich in ihre Arme geworfen. Lange hielt sie die beiden Kinder umschlungen.

In einem niedrigen Sessel sitzend, stellte der Hauptmann einen Fuß auf den Stiefelknecht, bohrte seinen linken Absatz in die Kerbe ...

Es ist keine Kleinigkeit, seine Füße wiederzufinden, wenn man neue Stiefel trägt.

Die Frau des Hauptmanns ließ sich auf einem Schemel nieder und legte ihre Hände auf die Knie ihres Mannes. Ihr Gesicht war von den Aufregungen bleich geworden.

»Nicht zu sehr aus der Fassung gebracht durch die Karawane?«

Sie machte eine Bewegung mit der Hand:

»Die Karawane? Aber, die ist ja meine Rettung! Und diese Dalila hat mir der liebe Gott geschickt. Du kannst dir nicht vorstellen, was sie zu mir gesagt hat? Sie hat zu mir gesagt: ›Sie sind völlig erschöpft, ganz gewiß, Dalila wird Ihre armen, weißen, müden Füßchen reiben.‹ Mir war so, als läse ich *Paul und Virginia*.«

»Du siehst bezaubernd aus«, sagte er erleichtert.

Ihre frisch gewaschenen Haare bildeten einen Heiligenschein um ihren Kopf.

»Ach! das möchte ich bezweifeln«, brummte sie, »aber ich kann meine Puderdose nicht finden.«

»Sie muß wohl mit Sara mitgegangen sein.«

Er sah sie immer noch an. Ihre Augen begegneten sich für einen langen Augenblick, gemeinsam durchlebten sie noch einmal alles, was geschehen war.

Alle diejenigen, die eine lebhafte Einbildungskraft besitzen, müssen einen schweren Tribut an Leid bezahlen. Quicks Mutter war mit dieser verhängnisvollen Gabe gesegnet, ihr Geist hatte sie in weite Fernen geführt, in sehr

weite Fernen; sie war mit dem Unglück in Berührung gekommen; nicht nur, daß sie sich alles genau vorgestellt hatte, nein, ihr Geist hatte sie noch sehr viel weiter hinausgeführt, bis zum Tode von Quick.
»Oh! er hätte tot sein können, er hätte tot sein können.«
Mit seiner bedächtigen, ein bißchen spöttischen Stimme, die so behutsam eine geheime Empfindsamkeit verdeckte, sagte er:
»Wie du das gleich auffaßt! Wenn man jedesmal, wenn ein Bengel irgendwo herunterpurzelt, einen Toten hätte, so würde das bedeuten, daß es überhaupt keine Kinder mehr auf der Welt gäbe. Er hat ganz schön was abgekriegt, das gebe ich zu. Wahrscheinlich nicht zum letztenmal; wenn die Pläne deines Sohnes sich verwirklichen, können wir uns auf eine Flut von Aufregungen gefaßt machen... Wußtest du, daß er Astronom werden wollte?«
»Aber das ist doch ein ganz friedlicher Beruf, ganz geruhsam.«
»Nicht in der Vorstellung von Mademoiselle Mac Gregor, fürchte ich. Sie muß Astronom

und Weltraumfahrer miteinander verwechseln. Ich sprach von Rechnen, Mathematik und Fernrohr, von den Geduld erfordernden Beobachtungen, die ein Astronom anstellen muß. Sie interessierte dabei nur, ob den beiden Affen, die man mit Weltraumraketen auf den Mond befördert hat, übel geworden wäre.
›Warum, ist das deine schwache Seite?‹ habe ich gefragt.
›Ich denke an Quick. Ihm wurde übel, und deshalb ist er vom Pferd gefallen.‹
Barmherziger Gott! wenn du wüßtest, in welchem Ton sie das gesagt hat. Ihre Mondrakete wird den Namen tragen ›Licht des Nordens‹.
Laß sein! – weine nicht, ich muß dir noch erstaunliche Aufklärungen geben.
Weißt du, wer der Eiserne Gockel ist?«
»Eiserner Gockel?«
»Eine Entdeckung deines Sohnes: das ist Geoffroy mit den Narben im Gesicht. Und wußtest du, daß er ein Filmheld ist? Und daß er mein Großvater war? Und daß ich die Wurzeln so liebe? Daß ich Wurzeln unter den Füßen haben muß?«

Sie hob den Kopf.
Wegen der Wurzeln, ja, da war sie im Bilde.
Seine Augen funkelten schalkhaft.
»Und daß die Wurzeln den Tod der Baumwolle bedeuten? Und daß das Ausroden wahnsinnig viel Geld kostet? Und daß die Mac Gregors niemals mit einer Karawane mitgezogen sind? Und warum Quick die Kleine Patschuli nennt?«
Man hatte ihm das alles an den Kopf geworfen, sozusagen in einem Expreß-Verhör, bei dem er sich so behaglich fühlte wie eine Schildkröte auf dem Rücken.
Was ist denn unserem Quick eingefallen, daß er ihnen diesen Wust von Wurzeln vor die Nase hält?
Der Hauptmann hob seine Stiefel auf, stieß den Stiefelknecht mit dem Fuß in eine Ecke.
»Da muß ja jemand sehr erstaunt gewesen sein, Monsieur le Capitaine!« Ein spöttischer Schimmer glänzte in den noch feuchten Augen der jungen Frau – »sehr erstaunt zu erfahren, wie aufmerksam sein Sohn seine Lektionen im Kopf behielt!«

»Das fehlte gerade noch, daß er mir nicht zuhört.«

»Worüber beklagt sich Monsieur le Capitaine also? Übrigens haben die Wurzeln und die Grammatikbücher großen Erfolg gehabt! Der Doktor Hamilton lachte aus vollem Halse, als er mir davon erzählte; er teilt deinen Standpunkt voll und ganz. Aber sie halten sich schadlos; der Assistenzarzt hat mir mitgeteilt: die Patschulis haben Quick annektiert ... Aber horch! was ist das?...«

Allmählich immer deutlicher, im gleichen Maße, wie die Stimme Mono Mac Gregors sich dem Fenster näherte, gelangten die Worte zu ihnen, ließen über dem Garten eine fremde Landschaft erscheinen, ganz weiß von Baumwolle, eine rote Erde, durch die ein großer Strom floß:

Mein blaues Kentucky ...

Das Lied kam zu ihnen, berührte sie, eröffnete eine ganze Welt. Und dann schwieg die Stimme still. Danach, in dem erneut sich herabsenkenden Schweigen, nahmen die Zedern

und der Vogelkirschbaum wieder ihren Platz ein. Gebieterisch, beharrlich, aufmerksam, zuverlässig umstanden sie wieder den Rasen.
Der Hauptmann betrachtete gedankenvoll seine Bäume, zog seinen Uniformrock aus, streifte den Pullover über. Dies war die Stunde, die ihm von allen die liebste war. Befehle geben, Befehle empfangen, Manöver, das alles ruhte jetzt. Bis morgen blieb ihm dies hier: dieses Haus, dieser Garten, die Wesen, die unter seinem Dach schliefen, seine kleinere und warme Heimat. Und rings umher befand sich die andere, die große, die, in der er einer der Hauptleute war. Er nahm seinen Tabak aus seiner Tasche, und wie alle Tage, wenn er seine erste Abendpfeife anzündete, begann er, ein Bruchstück des alten Militärmarsches zu summen:

Unter den Farben eurer Länder, geheiligte Banner,
Haben all unsre Helden gekämpft ...

Leise, aus Quicks Zimmer aufklingend, fiel eine Stimme mit ein, half, die Melodie tragen.

»Für einen Abtrünnigen«, murmelte die Frau des Hauptmanns und warf ihrem Mann einen spöttischen Blick zu, »für einen Abtrünnigen, will mir scheinen, besitzt ›man‹ noch ein paar Würzelchen – was meinst du dazu?«
Da kam die Antwort, die sein Herz aufs höchste zu entzücken vermochte:

Die Söhne werden sich der Väter würdig erweisen.

»Und die Töchter, Quick?« Mono Mac Gregors Stimme erhob Einspruch ... »Man hat in diesem Lied die Töchter vergessen.«
Ein leichter Wind blähte die Vorhänge – Vorhänge aus Chintz, die mit winzigen Pferdchen bedruckt waren.

Eine Kooperation des Suhrkamp Verlages mit der Académie de Berlin.
Weitere Informationen unter: www.suhrkamp.de/franzoesischebibliothek

Die französische Originalausgabe erschien 1954 unter dem Titel
Quick bei Éditions La Baconnière, Boudry-Neuchâtel.

Klimaneutral
Druckprodukt
ClimatePartner.com/14438-2110-1001

Erste Auflage 2024
suhrkamp taschenbuch 5459

Umschlaggestaltung: Brian Barth, Berlin
Druck: C.H. Beck, Nördlingen
Printed in Germany
ISBN 978-3-518-47459-4

www.suhrkamp.de

FRANZÖSISCHE BIBLIOTHEK

MARIE REDONNET

Hotel Splendid

In der Übersetzung
von Andrea Spingler
Roman. 127 Seiten
ISBN 978-3-518-47458-7

DOMINIQUE ROLIN

Das Bett

In der Übersetzung
von Walter Maria Guggenheimer
Roman. 253 Seiten
ISBN 978-3-518-47457-0

MONIQUE SAINT-HÉLIER

Quick

In der Übersetzung
von Leonharda Gescher
Roman. 112 Seiten
ISBN 978-3-518-47459-4

MISIA SERT

Pariser Erinnerungen

In der Übersetzung
von Hedwig Andertann

311 Seiten

ISBN 978-3-518-47456-3

FRANZÖSISCHE BIBLIOTHEK

LOUIS ARAGON · Der Pariser Bauer
In der Übersetzung von Lydia Babilas
243 SEITEN · ISBN 978-3-518-47035-0

ROLAND BARTHES · Die Lust am Text
In der Übersetzung von Traugott König
98 Seiten · ISBN 978-3-518-46908-8

MAURICE BLANCHOT · Thomas der Dunkle · Roman
In der Übersetzung von Jürg Laederach
116 Seiten · ISBN 978-3-518-46910-1

EMMANUEL BOVE · Armand · Roman
In der Übersetzung von Peter Handke
170 Seiten · ISBN 978-3-518-46987-3

MICHEL BUTOR · Paris-Rom oder Die Modifikation · Roman
In der Übersetzung von Helmut Scheffel
294 Seiten · ISBN 978-3-518-46905-7

RENÉ CHAR · Rückkehr stromauf · Gedicht
In der Übersetzung von Peter Handke
214 Seiten · ISBN 978-3-518-46902-6

COLETTE · Diese Freuden
In der Übersetzung von Maria Dessauer
164 Seiten · ISBN 978-3-518-46909-5

RENÉ DAUMAL · Der Analog · Roman
In der Übersetzung von Albrecht Fabri
138 Seiten · ISBN 978-3-518-47350-4

MARGUERITE DURAS · Hiroshima mon amour · Filmnovelle
In der Übersetzung von Walter Maria Guggenheimer
116 Seiten · ISBN 978-3-518-46906-4

MICHEL FOUCAULT · Die Hoffräulein
In der Übersetzung von Ulrich Köppen
54 Seiten · ISBN 978-3-518-47351-1

EDMOND JABÈS · Das Buch der Fragen
In der Übersetzung von Henriette Beese
180 Seiten · ISBN 978-3-518-46988-0

FRANZÖSISCHE BIBLIOTHEK

FRANZÖSISCHE BIBLIOTHEK

JULIA KRISTEVA · Geschichten von der Liebe
In der Übersetzung von Wolfram Bayer und Dieter Hornig
407 Seiten · ISBN 978-3-518-46989-7

MICHEL LEIRIS · Mannesalter
In der Übersetzung von Kurt Leonhard
218 Seiten · ISBN 978-3-518-46907-1

CLAUDE LÉVI-STRAUSS · Das Ende des Totemismus
In der Übersetzung von Hans Naumann
142 Seiten · ISBN 978-3-518-46914-9

HENRI MICHAUX · Ein gewisser Plume
In der Übersetzung von Kurt Leonhard
108 Seiten · ISBN 978-3-518-46912-5

PAUL NIZAN · Das Leben des Antoine B.
In der Übersetzung von Gerda Scheffel
261 Seiten · ISBN 978-3-518-46990-3

ROBERT PINGET · Passacaglia
In der Übersetzung von Gerd Scheffler
156 Seiten · ISBN 978-3-518-47352-8

FRANCIS PONGE · Im Namen der Dinge
In der Übersetzung von Gerd Henninger
98 Seiten · ISBN 978-3-518-46903-3

MARCEL PROUST · Tage des Lesens · Drei Essays
In der Übersetzung von Helmut Scheffel
132 Seiten · ISBN 978-3-518-47353-5

RAYMOND QUENEAU · Die Haut der Träume · Roman
In der Übersetzung von Eugen Helmlé
180 Seiten · ISBN 978-3-518-46911-8

ALAIN ROBBE-GRILLET · Der Augenzeuge · Roman
In der Übersetzung von Elmar Tophoven
234 Seiten · ISBN 978-3-518-46904-0

NATHALIE SARRAUTE · Kindheit
In der Übersetzung von Elmar Tophoven
320 Seiten · ISBN 978-3-518-46901-9

CLAUDE SIMON · Die Akazie · Roman
In der Übersetzung von Eva Moldenhauer
356 Seiten · ISBN 978-3-518-46900-2

PAUL VALÉRY · Windstriche · Aufzeichnungen und Aphorismen
In der Übersetzung von Bernhard Böschenstein,
Hans Staub und Peter Szondi
184 Seiten · ISBN 978-3-518-46913-2

SIMONE WEIL · Fabriktagebuch
In der Übersetzung von Heinz Abosch
248 Seiten · ISBN 978-3-518-46991-0

FRANZÖSISCHE BIBLIOTHEK